PETITE BIBLIOTHÈQUE

JULES LERMINA

L'ÉNIGME

15 CENTIMES

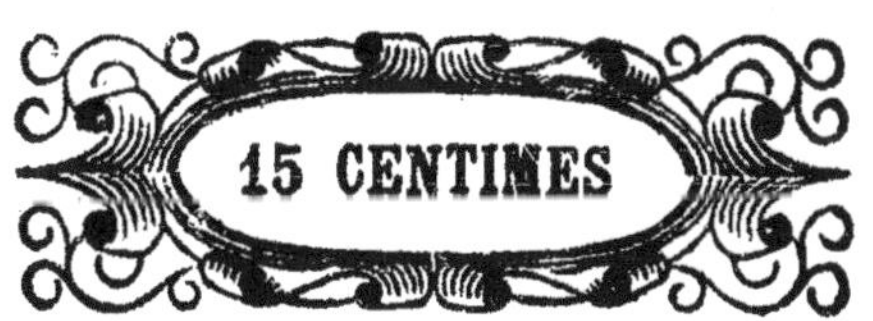

PARIS
L. BOULANGER, ÉDITEUR
90, BOULEVARD MONTPARNASSE, 90

LA PETITE BIBLIOTHÈQUE

JULES LERMINA

L'ÉNIGME

PARIS
L. BOULANGER, ÉDITEUR
90, BOULEVARD MONTPARNASSE, 90

L'ÉNIGME

I

Après avoir brillamment servi la France pendant longues années, M. de Morlaines, général de brigade, avait pris sa retraite. C'était un homme de soixante ans, encore vert, doué d'une exquise distinction, rappelant le type de ces anciens gentilshommes dont la parole était sacrée, dont la délicatesse n'admettait ni faux-fuyants ni compromis quand il s'agissait de tenir un engagement.

M. de Morlaines était veuf. C'était même la perte de sa femme Hortense, née des Chaslets, qui l'avait engagé à renoncer à l'état militaire. Sa douloureuse tristesse s'accommodait mal de la vie active : il avait renoncé à toute ambition et était venu s'installer auprès de Paris, à Vitry, dans une petite propriété où il avait trouvé le repos dont il avait besoin, s'adonnant à des travaux de jardinage et satisfaisant des goûts qu'il n'avait pas perdus pendant sa longue carrière de soldat.

Son fils, Georges de Morlaines, âgé de vingt-cinq ans, avait été promu depuis peu, au grade de lieutenant de vaisseau et à l'époque où s'ouvre ce court récit, était engagé dans un grand voyage d'exploration.

Le général s'était trouvé seul, à un âge où plus que jamais l'homme a besoin de sentir auprès de lui une affection toujours en éveil. Le cœur refroidi, glacé par les regrets, éprouve de douloureuses angoisses, quand autour de lui tout est vide et silencieux. Auprès du général vivait une vieille gouvernante, veuve d'un ancien soldat, un peu rêche, un peu grondeuse heureuse de la domination qu'il lui abandonnait et portant à M. de Morlaines, à son fils et surtout peut-être à la mémoire de la morte une profonde affection, plus instinctive d'ailleurs que raisonnée. Il est ainsi des dévouements quasi brutaux qui s'imposent avec une sorte de violence. Germaine était sans douceur. Les soins qu'elle rendait à son maître étaient pour elle l'exercice d'un droit. Il lui appartenait; son affection était un joug qu'il lui était enjoint de supporter, si lourd que le fît la bonté massive de cette créature inintelligente. M. de Morlaines subissait d'ailleurs avec passivité cette obsession de complaisances inévitables, quand se produisit un événement qui devait changer singulièrement sa propre situation et celle de Germaine.

Une de ses parentes éloignées mourut, dans une lettre, écrite au milieu des angoisses suprêmes, elle s'adressait à lui et le suppliait de recueillir auprès de lui sa fille, Marie Deltour, qui allait rester sans fortune et sans appui.

M. de Morlaines n'hésita pas. Sans consulter Germaine, — heureux peut-être d'agir d'après son initiative propre, il répondit aussitôt à la pauvre femme que sa fille était attendue. La diligence qu'il mit à cette bonne action en doubla le prix. Car Madame Deltour, avant de s'éteindre, eut l'ineffable satisfaction de savoir que le sort de sa fille bien-aimée était assuré.

Seulement, dans sa précipitation, le général ne s'était point enquis de ce qu'était celle qui allait venir sous son toit. Aussi fut-ce avec une profonde surprise et une sorte d'effroi que M. de Morlaines vit arriver aux Petites-Tuileries, comme on appelait sa propriété dans le pays, une femme aux allures distinguées, au visage frais et doux, Marie Deltour, en un mot, âgée de vingt-six ans à peine, et charmante sous ses vêtements de deuil.

Germaine, irritée tout d'abord de n'avoir point été appelée à donner son avis, voua à la nouvelle venue une de ces haines d'autant plus âpres que toutes les circonstances en démontrent plus évidemment l'injustice. Marie Deltour, intelligente et modeste à la fois, prouva, dès les premiers temps de son séjour aux Petites-Tuileries, combien elle était reconnaissante au général de la bienveillance qu'il lui témoignait. Elle se montra affable avec Germaine, respectueusement dévouée à M. de Morlaines qui se prit bientôt pour elle d'une affection croissant peut-être moins vite cependant que l'antipathie de Germaine pour « l'usurpatrice. »

Marie Deltour était blonde : ses traits fins, attristés par la douleur que lui avait causée la mort de sa mère, respiraient une placidité qui n'était point sans noblesse. Elle avait ce grand mérite d'être active sans brusquerie, toujours occupée sans excès de mouvement. A son arrivée, Germaine lui avait soudainement cédé sa place auprès du général, comme si c'eût été punir celui-ci de sa dissimulation que de le priver des soins ou plutôt des exigences de sa despotique gouvernante. Le général se sentit entouré d'une atmosphère toute nouvelle. Cette robuste nature, un peu sauvage, comme tout ce qui s'enveloppe forcément de la rudesse militaire, s'amollissait, se civilisait au contact de cette affabilité toujours égale, indulgente aux caprices et souriante aux colères involontaires. Et comme le cœur était jeune, comme il y avait déjà quatre ans que madame de Morlaines était morte, le général, un beau soir d'automne, alors que Marie soutenait résolûment contre lui une lutte de trictac, M. de Morlaines posa nettement son cornet sur la table, se renversa en arrière sur son fauteuil, joignit ses deux mains, croisa les doigts, fit craquer les jointures, brouma trois ou quatre fois, puis, devenant, ma foi, rouge jusqu'aux oreilles :

— Mademoiselle Marie, dit-il, voulez-vous que nous causions?...

— Pourquoi non? fit la jeune fille. Le trictrac vous fatigue?

— Me fatiguer... moi!... mais sapr...! je suis solide... me fatiguer! par exemple.

Il paraît que cette hypothèse lui tenait fort à cœur en ce moment spécial, car il se leva brusquement et fit quelques pas, affirmant par le redressement de sa taille et la netteté du coup de jarret la vigueur qui lui restait...

— Je n'ai pas voulu vous blesser, dit Marie.

— Je le sais bien, chère enfant... n'êtes-vous pas la bonté vivante?...

— Causons donc, puisque vous le voulez...

— Ah! c'est vrai! j'ai dit que nous allions causer... Eh bien!... Allons!

Il répéta plusieurs fois ce mot : Allons ! Mais il ne disait rien de plus. Marie le regardait en souriant, non sans quelque malice.

Mais l'homme qui avait galopé en plein feu ne pouvait hésiter plus longtemps ; il reprit :

— Pardonnez-moi cette question à brûle-pourpoint... mais comment se fait-il que, jeune et jolie et bonne comme vous l'êtes, vous ne songiez pas à vous marier ?

Marie baissa la tête et pâlit légèrement. Quand elle regarda de nouveau le général, il vit que ses yeux étaient humides.

— Je vais vous répondre, lui dit-elle de sa voix qui tremblait un peu. Aussi bien je ne sais pas mentir et je veux vous dire toute la vérité. J'ai aimé et j'ai été aimée une fois dans ma vie, j'avais vingt ans. Mais celui que j'avais choisi et en qui j'avais mis toute l'espérance de ma rie, m'a oubliée et en a épousé une autre...

— Ah! c'est mal! s'écria M. de Morlaines. C'est presque un crime...

— Il faut être indulgent, reprit plus doucement encore Marie Deltour dont le visage s'éclaira d'une expression de charité radieuse. J'étais pauvre... il était riche. Il était ambitieux, son intelligence lui donnait ce droit... son père combattit son penchant. Il résista longtemps, puis il comprit ou crut comprendre que nous n'étions pas nés l'un pour l'autre... Un jour il m'a dit adieu en me suppliant de lui rendre ma parole, me déclarant, d'ailleurs, que si je l'exigeais, il tiendrait ses serments... Je mis ma main dans la sienne, et, le regardant bien en face, je lui dis ; « Obéissez à votre père ! » Il partit, et je ne l'ai plus revu depuis...

M. de Morlaines mordait ses moustaches avec colère. Cette simplicité dans le sacrifice l'enthousiasmait et l'encolérait à la fois.

— Voici tout mon pauvre roman, reprit Marie. Je ne me marierai pas... ma résolution est prise... et bien prise, je vous assure.

Il y eut un moment de silence.

M. de Morlaines s'était assis de nouveau, enveloppant de son regard franc et honnête la tête charmante de cette enfant qui lui semblait héroïque... puis ses lèvres s'agitèrent, mais il n'en sortit aucun son.

Qu'avait-il donc à dire qui fût si pénible pour sa timidité ?... Quelques minutes se passèrent ainsi. Puis, comme prenant une résolution soudaine, M. de Morlaines plongea sa main dans sa poche, en tira son portefeuille qu'il ouvrit, y prit une lettre, et, la tendant toute dépliée à Marie Deltour :

— Lisez, je vous en prie... je n'ose parler... je suis un enfant !... mais promettez-moi de me répondre en toute franchise...

Marie était redevenue calme. De sa main passée sur son front elle avait écarté la douloureuse vision évoquée tout à l'heure. Elle prit la lettre...

— Si vous vouliez lire tout haut, dit le général, il me semble que j'aurais plus de courage...

Elle le regarda curieuse, un peu effrayée peut-être. Puis elle reporta ses yeux sur la lettre et se mit à lire.

« Mon cher et bien aimé père, était-il » écrit, vous me comblez de joie en me » consultant sur des projets qui sont pour » vous d'un intérêt si grave et si touchant » à la fois... vous pouviez agir sans me » rien demander, et certes vous connais- » sez trop bien le respect et l'amour que » je vous ai voués pour supposer que je » ne me fusse pas incliné devant la déci- » sion prise. Mais puisque vous m'appe- » lez à l'honneur de vous adresser mes

» humbles et affectueux avis, je vous ré-
» pondrai avec toute la franchise que
» vous réclamez de moi...

» Je ne vous cacherai pas qu'au pre-
» mier moment j'ai éprouvé une impres-
» sion de pieux chagrin en songeant qu'à
» ce foyer où se tient l'ombre de ma mère
» chérie, une autre pourrait s'asseoir à
» son tour... mais lorsque connaissant
» toute la hauteur de votre conscience,
» toute la noblesse de votre cœur, j'ai
» relu, avec une respectueuse attention,
» le tableau que vous me présentez de
» votre solitude passée et de votre bon-
» heur présent, j'ai apprécié que celle-là
» seule était digne de remplacer, auprès
» de vous, ma chère et vénérée mère, qui
» avait su vous inspirer, par son dévoue-
» ment, par sa tendresse quasi-filiale,
» l'attachement profond dont vous m'en-
» voyez l'expression noble et franche...

» Vous craignez, dites-vous, que ce
» mot de belle-mère ne m'effraie... si

» vous y consentez, j'y substituerai celui » d'amie. Je vous veux heureux, et en » ceci, vous êtes le meilleur et le plus » sincère des juges... Elle est bien jeune, » dites-vous ? Votre cœur a vingt ans, » mon père, et vous êtes de ceux dont les » années grandissent le caractère et af- » firment la bonté. Je vous le dis donc en » toute sécurité, demandez à celle que » vous aimez si elle consent à devenir et » votre compagne et... mon amie. Elle » n'aura point de fils plus affectueux que » celui qui lui devra le bonheur de votre » existence... Et pour terminer, mon » père, puisque vous me demandez, en » souriant, mon consentement à votre » mariage, je vous le donne et vous sup- » plie de remercier et de bénir, au nom » de votre fils, celle qui a su réveiller en » vous ces aspirations de bonheur et de » tendresse. »

Cette lettre était datée de Shang-Haï et signée Georges de Morlaines.

Marie Deltour, tremblante, laissait glisser le papier entre ses doigts...

Le général, penché en avant, lui dit :

— Marie, voulez-vous vous appeler Madame de Morlaines...

La jeune fille résista. Elle le devait. N'était-elle pas pauvre, isolée?... Ne l'accuserait-on pas de captation morale? Elle songeait à Germaine dont le regard dur pesait parfois sur elle comme une menace.

Mais le général sut triompher de ses scrupules, de ses inquiétudes... Marie se rendit enfin, et deux mois s'étaient à peine écoulés que dans la modeste église de Vitry, M. le comte de Morlaines épousait Marie Deltour...

Près d'une année se passa, année de calme et de bonheur...

Quand, un jour, des cultivateurs passant sur la route virent appuyé, contre la muraille d'un jardin, un homme immobile... Le jour venait de se lever... Ils arrêtèrent surpris, puis se décidèrent à s'approcher... L'un d'eux toucha l'homme qui tomba lourdement à terre, tandis qu'un pistolet s'échappait de sa main crispée...

Cet homme avait le crâne traversé d'une balle. C'était le comte de Morlaines... mort !

II

Le comte était connu et aimé de tout le pays. Ceux-là même qui avaient découvert son cadavre avaient eu maintes relations avec lui ; aussi, quoique la sensibilité soit la moindre qualité de nos paysans, ce fut avec une douleur véritable qu'ils reconnurent le maître des Petites-Tuileries.

Le doute était impossible. C'était un suicide. Comment cet homme, qui semblait à l'abri de tous soucis, qui étant riche, avait épousé la femme de son choix, comment avait-il succombé tout à coup à cet accès de désespoir ? Etait-ce donc un moment de folie ? Ou bien, existait-il dans la vie de ce bienveillant quelque secret terrible qui eût, à l'heure dite, pesé sur son cœur jusqu'à le briser ?...

L'endroit où le corps avait été trouvé était distant de plus de deux lieues des Petites-Tuileries. C'était sur le territoire de la petite commune de S... Le maire, aussitôt prévenu, s'était rendu sur les lieux ; un médecin parisien en villégiature avait consenti à l'accompagner. Mais les premières constatations ne laissaient ni espoir, ni hésitation sur la cause physique de la mort. Le pistolet dont s'était servi le général était une arme moderne à deux coups. Le canon avait été appuyé sur la tempe, le coup avait éclaté, et la balle avait pénétré dans le cerveau. Il était évident que la mort avait été instantanée. On voyait seulement, sur la peau mate, un petit trou circulaire. Pas une goutte de sang n'avait coulé.

Le général était correctement vêtu de noir. On eût dit que, dans le calme de son implacable résolution, il eût mis un soin particulier à s'habiller. Seulement, détail singulier, on retrouva à quelques pas de lui, la rosette de la Légion d'honneur, comme si, d'un geste désespéré, il l'eut arrachée avant de se frapper.

Une civière fut improvisée et le cadavre y fut étendu. Un drap fut jeté sur le corps, puis le funèbre cortège prit le chemin des Petites-Tuileries. Par respect pour le mort et aussi avec la généreuse pensée d'adoucir l'amertume du coup qui allait frapper Madame de Morlaines, le maire accompagnait les porteurs.

Huit heures du matin sonnaient au moment où le triste convoi déboucha sur la route, en face de la grille des Petites-Tuileries.

A ce moment, Diane, la chienne favorite du général, qui était attachée dans la première cour, poussa un hurlement douloureux, et, obéissant à cet instinct mystérieux que la science tente en vain d'expliquer, elle fit un effort désespéré, brisa sa chaîne, bondit par dessus le mur de clôture et, s'élançant sur la civière, eût sauté sur le cadavre, si on ne l'eût écartée...

La vieille Germaine, de l'intérieur où elle vaquait aux occupations, avait entendu le cri de l'animal, et était sortie vivement, saisie par ces pressentiments qui ont leur racine dans de légendaires superstitions, et que cependant l'évènement allait tristement confirmer....

Elle vit le cortège, et plongeant ses mains dans ses cheveux gris, elle s'appuya au mur, terrifiée, incapable de faire un pas, de proférer un mot...

Le maire — qui se nommait Maleret — fit signe aux porteurs de s'arrêter, puis il s'avança vers Germaine. Celle-ci le regardait de ses yeux fixes, dilatés par l'épouvante : le magistrat la connaissait, il savait l'attachement profond, qu'elle portait à son maître.

— Germaine, lui dit-il, du courage !

C'est un grand malheur qui vous arrive !...

Le visage de la pauvre femme se contracta, ses dents claquèrent, et levant le bras, elle désigna la civière :

— Qui donc est là ? demanda-t-elle d'une voix à peine perceptible.

— C'est votre maître, c'est le comte de Morlaines...

— Blessé !...

Le maire baissa la tête.

— Mort ! cria Germaine en se frappant la poitrine d'un coup violent.

Puis, se redressant, elle courut avec une vigueur qu'on n'eût pas devinée en elle, écarta les porteurs, porta la main sur le drap qui cachait le cadavre, découvrit le visage du mort d'un geste brusque, puis, se laissant tomber à genoux, éclata en sanglots...

Cependant, le maire hésitait à aller plus loin. Il était dans le château une autre personne à laquelle il fallait porter ce coup terrible : les plus courageux reculent devant ces sinistres obligations.

On eût dit que Germaine devinât ce sentiment. Car, tout à coup, elle se redressa, passa sur ses yeux ses mains longues et sèches, et se tournant vers les porteurs :

— Suivez-moi, vous autres, dit-elle d'une voix rauque.

Elle revint vers la grille et s'effaça pour laisser passer le cadavre; maintenant elle avait les yeux secs, elle était livide. Ses cheveux gris dénoués, tombaient en désordre autour de son visage. Elle était effrayante de désespoir concentré, et dans ses regards fixes, passaient des étincelles furieuses.

— Il faudrait annoncer cette catastrophe...

— A la Deltour! dit Germaine avec un accent d'une brutalité presque sauvage. Venez avec moi, Monsieur Maleret, je m'en charge...

Elle montait déjà l'escalier. Le maire la suivait de près : il redoutait que cette femme, que la douleur semblait rendre folle, ne frappât trop violemment la jeune comtesse...

— Il faut prendre des ménagements, murmura-t-il.

Mais la vieille femme ne paraissait ni l'écouter ni l'entendre. Elle avait atteint le premier étage. Elle ouvrit une porte. C'était celle de l'appartement particulier de Madame de Morlaines. Sans frapper, sans prendre aucune précaution, comme si son désespoir la délivrait des devoirs de la domesticité, elle ouvrit une autre porte, celle de la chambre de la comtesse...

La jeune femme était à demi étendue sur un fauteuil, dormant. Son lit n'était pas défait, et sa pâleur semblait indiquer qu'elle avait succombé à la fatigue...

Germaine alla droit à elle, et avant que le maire eût pu prévoir son mouvement, elle avait saisi Marie par le bras... et au moment où celle-ci, tressaillant, ouvrait les yeux :

— Madame la comtesse, cria la vieille femme, le général est en bas... mort... on l'a assassiné :

Madame de Morlaine poussa un cri terrible, se dégagea par un geste violent de l'étreinte de Germaine, vit M. Maleret, et, hagarde, épouvantée :

— Qu'y a-t-il, fit-elle. Mort ! mon mari ! qui a dit cela ?...

— J'ai dit assassiné ! répéta Germaine, en frappant du pied avec violence.

Mais le maire l'interrompant :

— La douleur égare cette pauvre femme, dit-il. Madame, la douleur qui vous frappe est terrible... M. le comte de Morlaines s'est suicidé...

La comtesse semblait foudroyée. Elle chancela et fût tombée à la renverse, si M. Maleret ne l'eût soutenue. Elle s'était affaissée sur son siège, les lèvres frissonnantes, ne trouvant pas la force de pleurer.

Quant à Germaine, il semblait que les dernières paroles du maire l'eussent frappée d'une indicible surprise. Etait-ce donc qu'en réalité la pensée d'un meurtre se fût tout d'abord imposée à elle et que cette hypothèse d'un suicide lui parût injustifiable ? Elle se retirait doucement vers la porte, à reculons, tenant ses yeux obstinément fixés sur la comtesse...

Celle-ci revenait à elle.

—Pardonnez-moi, dit-elle au magistrat, mais cette nouvelle est si épouvantable que je puis à peine croire à ce que j'ai entendu...

Sa voix tremblait, on sentait les larmes prêtes à jaillir.

— Il n'est que trop vrai, madame, reprit le maire.

Et en quelques mots il raconta dans quelles circonstances avait été découvert le cadavre.

Marie de Morlaines l'avait écouté sans l'interrompre. Quand il eut achevé, elle secoua plusieurs fois la tête, les yeux à demi fermés, les mains jointes, puis elle dit:

— Conduisez-moi auprès de mon mari.

Elle se leva. Maintenant de grosses larmes coulaient sur ses joues.

Germaine s'était arrêtée immobile, debout, auprès de la porte. Quand Marie passa devant elle, elle fit un geste pour lui tendre la main en murmurant :

— Ma pauvre Germaine !

Mais la servante se recula. Marie descendit, suivie de M. Maleret.

On avait porté la civière devant le perron, et les paysans attendant de nouveaux ordres, la tête découverte, parlaient entre eux à voix basse...

La comtesse parut, accueillie par un murmure de pitié douloureuse.

Elle franchit les marches de pierre, puis s'agenouilla près du cadavre ; elle se pencha sur lui et l'embrassa au front, longuement, saintement...

Au moment où ses lèvres touchèrent le

visage du mort, Germaine, qui était restée auprès de M. Maleret, laissa échapper une sorte de grondement rauque et, par un mouvement involontaire, sans doute, sa main se posa sur le bras du maire. Celui-ci la regarda et, voyant son visage décomposé :

— Comment le général a-t-il pu se tuer, lui qui était tant aimé ? dit-il.

Elle lui lâcha brusquement le bras.

Madame de Morlaines se releva, puis elle pria les porteurs de déposer le cadavre dans un salon du rez-de-chaussée. En quelques instants, seule — car Germaine, sombre, restait sur le perron, insensible en apparence à tout ce qui se passait autour d'elle, — la comtesse avait disposé une sorte de chapelle funéraire. Elle pleurait et ne s'interrompait que pour essuyer les larmes qui mouillaient ses joues.

Un des paysans lui dit :

— Voici le pistolet, madame.

Elle le prit, le considéra attentivement,

puis le posa sur un meuble. Elle revint vers le cadavre, dont la tête, posée sur un oreiller, se détachait plus pâle que la toile qui lui servait de cadre. La physionomie prenait peu à peu cette rigidité marmoréenne qui est la beauté de la mort. Les traits, fermes, s'accentuaient plus vigoureusement, mais en même temps s'épandait sur eux comme une ombre de douleur et de bonté.

Ainsi le masque semblait refléter l'empreinte des désespoirs inconnus qui avaient mis l'arme de mort aux mains de cet honnête homme.

Tout à coup la comtesse s'écria, portant les mains à son front :

— Mon Dieu !... et son fils !...

Nul n'y avait encore songé. Ce mot résonna comme un glas de désolation. C'est qu'en effet tous savaient l'amour profond qui unissait ces deux hommes : chaque fois que le général passait à travers le village et qu'il causait avec quelque paysan, deux noms revenaient sans cesse sur ses lèvres : celui de sa femme et celui de Georges, « mon bel officier ! » comme il l'appelait en souriant.

Et voici que tous n'avaient pas encore été frappés. Il restait encore un cœur à briser ; et comme si elle eût reçu d'avance le contre-coup de ce désespoir, la comtesse sanglotait, moins forte peut-être à soutenir la douleur d'autrui que la sienne propre.

Au même instant, et comme si le cri poussé par Marie eût été un signal attendu par la fatalité, le facteur rural parut sur le seuil de la porte ; il vit cette scène de mort et s'arrêta interdit. Un paysan lui dit quelques mots à voix basse ; alors l'homme retira sa casquette, puis dans sa sacoche il prit une lettre et la tendit à M. Maleret :

— C'était pour le général, dit-il.

La comtesse avait jeté les yeux sur l'enveloppe.

— C'est de lui, s'écria-t-elle, c'est de M. Georges...

— Et datée de Brest! fit le maire en frissonnant.

— De Brest!... mais alors il est de retour... il sera ici demain... aujourd'hui peut-être...

Et elle frissonnait comme si elle eût été saisie par un froid glacial. M. Maleret cherchait en vain des formules de consolation qui lui faisaient défaut.

— Pourquoi madame ne lit-elle pas? fit une voix rauque.

C'était celle de Germaine qui, entendant le nom de Georges, s'était rapprochée.

— Mais... ai-je le droit? demanda timidement madame de Morlaines en interrogeant le magistrat du regard.

— Oui... n'étiez-vous pas la compagne, la confidente de notre pauvre ami...

La comtesse prit la lettre, et, de ses doigts qui tremblaient, elle déchira l'enveloppe... puis, quand elle eut jeté les yeux sur son contenu, elle dit tristement :

— Demain... M. Georges sera ici...

Elle rendit la lettre au maire qui la lut à son tour. Elle contenait à peine quelques lignes. C'était avec un élan de joie presque enfantine que l'officier annonçait son retour. Si son service ne l'eût retenu, il fût parti sans perdre une minute, tant il lui tardait d'embrasser son père et, disait-il, son amie, belle et bonne mère...

— C'est bien demain qu'il arrive, n'est-ce pas? demanda Germaine.

— Demain... M. Georges l'affirme...

Et elle ajouta, mais si bas que personne ne l'entendit :

— J'attendrai...

Il fallut que madame de Morlaines répondît aux questions qui lui furent adressées par les magistrats, accourus à la première nouvelle de la catastrophe.

Le point important était de savoir quelles avaient été les dispositions apparentes du général, avant la nuit fatale; ses paroles, quelques-uns de ses actes avaient-ils pu faire prévoir cette funeste résolution ?

La comtesse répondit simplement, avec une évidente franchise.

Jusqu'à cette sinistre explosion, elle savait, elle pouvait affirmer que le général n'était en proie à aucun chagrin. Cependant, elle ajoutait que, dans la soirée précédente, il avait tenu à causer longtemps avec elle... ils étaient restés ensemble jusqu'à une heure assez avancée de la nuit. M. de Morlaines semblait triste, préoccupé. Il parlait de son fils, de son avenir.

Quand la comtesse était rentrée dans sa chambre, trois heures sonnaient. Elle était épuisée de fatigue et s'était endormie dans un fauteuil, à la place même où on l'avait trouvée le matin.

— Mais, sur ma conscience, ajoutait madame de Morlanes, j'affirme que le général n'avait pas prononcé un seul mot qui pût me faire prévoir cette horrible catastrophe. N'eut-il dit qu'une seule parole, s'écria-t-elle encore avec un accent désespéré, est-ce que je l'aurais quitté un seul instant, lui qui était plus que mon mari, qui était à la fois mon bienfaiteur et mon père...

— C'est une énigme, dit un des magistrats en se retirant...

Ce que nul ne vit, c'est que, à ce moment, comme si son cœur eût été prêt à éclater, Germaine s'enfuit jusqu'à sa chambre, et, là, seule, prise d'une sorte de fureur folle, elle tendit le poing comme si à travers la muraille elle eût voulu frapper quelqu'un, en s'écriant :

— Misérable femme ! c'est le fils qui vengera son père !...

III

Le suicide de M. de Morlaines restait inexplicable. C'était un homme de caractère facile, de relations agréables, montrant une gaieté douce; les paysans disaient de lui : « Il semble tout heureux de vivre. » En réalité, la mort de sa première femme avait été la seule douleur réelle de cette existence partagée tout entière entre les devoirs de sa carrière et les affections de famille.

— Ses amis, — et il pouvait appeler de ce nom tous ceux qui l'avaient connu, — étaient accourus aux Petites-Tuileries, à la première nouvelle de la catastrophe. L'un d'eux, un vieillard, son ancien compagnon d'armes, le commandant de Samereuil, pleurait, comme un enfant.

— C'est un acte de folie ! s'écria-t-il.

Il y a trois jours à peine, de Morlaines me parlait encore de son bonheur, il avait joie à m'expliquer, — avec la chaleur d'un amoureux de vingt ans — quelles nouvelles perfections de caractère, de cœur et d'intelligence il découvrait chaque jour en celle qui portait son nom.

Madame de Morlaines était, de la part de ces sincères désolés, l'objet d'une profonde estime, d'une affection quasi-paternelle. Car, au milieu de ces têtes grises, elle semblait une enfant. Chacun, avec sa rude franchise, s'efforçait de lui donner quelques consolations.

Elle, pâle, les lèvres serrées, ayant aux yeux une sorte d'affolement, répétait :

— Il était si bon... si bon !

Mais à toutes les questions qui lui étaient adressées sur les circonstances qui avaient précédé le suicide, elle ne pouvait que répéter ses premières réponses. Elle ignorait tout, elle n'avait pas entendu le général quitter sa chambre.

— Ainsi, pas un mot, pas un signe n'a pu vous faire prévoir cette résolution insensée...

— Rien ! répondait-elle.

On la pressait de rappeler ses souvenirs les plus insignifiants. Car, à moins de supposer que, dans un accès subit de délire, le général eût perdu tout à coup la notion des choses réelles, il était impossible que, fût-ce dans l'acte le mieux dissimulé, une femme aussi dévouée, aussi attentive que la comtesse n'eût point remarqué quelque singularité à laquelle sans doute elle n'eût pas attaché d'importance au moment même où elle se produisait, mais dont l'évocation jetterait quelque jour sur cet irritant mystère.

La comtesse secouait la tête et disait :

— Je ne sais rien.

Quoique, par égard pour madame de Morlaines et aussi en raison du prompt retour de l'héritier direct du général —

auquel M. Maleret avait envoyé une dépêche pour hâter son arrivée — le juge de paix se fût abstenu de procéder à la formalité légale de la pose des scellés, il avait pénétré, accompagné du maire et de madame la comtesse, dans la chambre du mort.

C'était une grande pièce, éclairée par de larges fenêtres, à travers lesquelles entrait joyeusement le grand soleil. Peu de meubles. Le général avait coutume de dire : « Ceci est ma tente ; j'ai mon nid, la chambre de ma femme. »

Cette chambre, d'une simplicité toute militaire, était garnie d'armes de toutes sortes, et il fut facile de voir la place de celle que le suicidé avait détachée d'une panoplie. De la poudre et des balles se trouvaient sur une console. Il était évident que le pistolet avait été chargé délibérément, soigneusement. Du reste, aucun désordre. Sur le bureau de M. de Morlaines, point de lettre. Rien n'indiquait qu'il eût songé à prendre quelques dispositions suprêmes.

Seulement on remarqua que, dans le foyer, des papiers — des lettres sans doute — avaient été récemment brûlées. Le feu avait été attisé de telle sorte qu'elles ne formaient plus qu'une petite masse noirâtre, tombant en poussière.

Le général ne s'était pas couché, ce qui concordait avec le récit de sa femme, qu'il avait retenue auprès de lui assez tard dans la nuit.

Quel avait été le sujet de leur entretien ?

Madame de Morlaines ne pouvait fournir que des indications vagues : ils avaient effleuré toutes sortes de sujets, sans qu'aucun lui eût paru intéresser plus particulièrement son mari. Les bougies des candélabres avaient été brûlées jusqu'à la dernière goutte de cire. M. de Morlaines était évidemment sorti sans songer à les éteindre ; où plutôt il avait voulu que la lumière, vue du dehors, par sa femme, dont la chambre, située dans une aile en retour, faisait presque face à la sienne, laissât supposer qu'il ne sortait pas.

Comme tout le domestique de la maison se composait de la vieille Germaine, qui occupait une chambre sous les combles et d'un jardinier, faisant office de palfrenier, qui dormait dans l'écurie, il était aisé de comprendre comment le général avait pu franchir la porte du jardin sans être vu.

En résumé, ces observations — si minutieuses qu'elles fussent — ne pouvaient fournir aucune indication. L'énigme paraissait impénétrable.

La vieille Germaine apparaissait de temps à autre, au seuil des portes, silencieuse, les traits étirés. Elle suivait, sans y prendre part, les péripéties de l'enquête. Seulement elle consultait sans cesse une grosse montre d'argent, serrée dans sa ceinture, et il lui arrivait de demander à voix basse s'il y avait bien loin de Brest à Paris.

Elle attendait Georges.

Les autres songeaient aussi à ce fils qui avait touché le sol français plein de joie et d'espérance et que la douleur attendait au seuil de la maison paternelle. Ce qui semblait étrange à tous, c'est que le général n'eût point laissé pour lui ni pour sa compagne quelques lignes de suprême adieu. M. de Samereuil remarqua que le portrait de Georges, qui était accroché auprès du lit de son père, s'était détaché de la muraille et était tombé à terre. Dans sa chute, le verre s'était brisé. Etait-ce donc là un de ces bizarres symptômes dont la superstition attribue aux choses inertes les prophétiques manifestations ?

La journée passa lentement. Les paysans venaient un à un saluer le mort ; chacun trouvait dans son cœur une parole de sympathique regret. Cet homme avait su conquérir l'affection de tous, il y avait deuil vrai.

La nuit vint. La comtesse désira rester seule auprès de celui qu'elle avait aimé. M. de Samereuil obtint cependant l'autorisation de passer la nuit dans la maison. Il connaissait Georges et voulait se trouver là, au moment même de son arrivée.

Germaine n'avait pas insisté pour rendre à son maître ces derniers témoignages d'affection. On lui savait gré de sa douleur muette.

— La pauvre femme ne lui survivra pas, pensait-on.

Il semblait en réalité que la mort eût déjà posé sa griffe sinistre sur ce visage livide, où ne vivaient plus que deux yeux enfiévrés qui, par intervalles, jetaient des éclairs sombres.

Bien longues et bien tristes sont ces nuits de veillées funèbres.

La comtesse, restée seule, s'agenouilla auprès du cadavre, et appuyant son front brûlant sur sa main glacée, elle pleura longtemps. Puis elle se releva, et, dans la plénitude de sa douleur et de ses regrets, elle l'embrassa au front. Elle avait aux yeux une lueur d'amour immense et qui l'aurait épiée dans cette solitude aurait vu qu'elle étendait la main vers le mort, murmurant des paroles insaisissables, comme si elle eût proféré un serment.

IV

A la première heure, une dépêche avait été apportée aux Petites-Tuileries. Georges de Morlaines suppliait qu'on retardât la céremonie mortuaire. Il arriverait à Vitry dans l'après-midi. Le trajet est long de Brest à Paris, et de plus, sur la plus grande partie du parcours il n'existe point de trains express.

Sur la prière de madame de Morlaines, on avait accédé à la demande de Georges. La maison était tendue de noir; le corps placé dans le cercueil était encore à découvert, et le visage du cadavre n'avait rien perdu de sa sérénité. Au contraire, la mort avait posé sur ce masque cette patine mate qui est la marque de la sédation suprême. Douleur ou terreur, tout s'était effacé. Restait la quiétude sévère de l'oubli ; peut-être du pardon.

Germaine n'avait point reparu. Sans doute pour se livrer toute entière à sa douleur, ou plutôt, ce que nul ne savait, pour méditer je ne sais quelle vengeance dont la pensée lui poignait le cœur, elle s'était enfermée dans sa chambre...

Madame de Morlaines, infatigable, soutenue par la fièvre des grandes douleurs, suffisait avec M. le commandant de Samereuil, aux soins multiples nécessités par la funèbre cérémonie qui se préparait.

Le général n'avait point de parents : nulles convoitises ne venaient jeter leur note discordante dans cette harmonie de sincérités désolées. A tout instant, des voitures s'arrêtaient devant la grille, et l'on voyait des officiers, les uns en bourgeois, les autres en grande tenue, apporter à leur vieux camarade le dernier tribut de leur affectueux respect. Avis avait pu être donné à la place de Paris en temps opportun, et le peloton qui devait accompagner les restes du général à sa dernière demeure arriva à trois heures. La cour était pleine de monde, et cependant pas une voix ne s'élevait. La singularité de cette fin subite et tragique mettait à toutes les poitrines une douloureuse étreinte.

On s'interrogeait à voix basse. M. de Samereuil passait dans les rangs pressés, donnant de brèves explications, attribuant à un accès de fièvre chaude, à un désordre cérébral cette résolution que nulle autre circonstance ne pouvait justifier.

Tout à coup, il se fit un grand silence. On entendit sur la route le galop d'un cheval. L'animal, poussé avec une violence presque imprudente, faillit s'abattre devant la porte.

Tous se découvrirent. C'était Georges de Morlaines, c'était le fils.

M. de Samereuil s'élança à sa rencontre et le reçut dans ses bras. Le jeune homme, dont les traits respiraient, sous leur teinte bronzée, cette énergie que donne l'habitude du danger, s'appuya sur l'épaule du vieil ami de son père et, ne doutant plus, frappé en plein cœur par la foudroyante réalité que jêtait à ses derniers doutes l'évidence des préparatifs funèbres, se mit à sangloter comme un enfant.

— Du courage, enfant, du courage ! murmurait le commandant.

Est-ce que le courage était possible !... il y avait trois ans que Georges avait dit adieu à son père, et depuis ces trois années, pas un jour ne s'était passé sans qu'il songeât au retour. Il semblait qu'il y eût entre ces deux hommes un lien autre que celui du sang : c'était comme une fraternelle amitié qui leur faisait communes les joies, les douleurs, les espérances et les désillusions.

Lorsque Georges avait appris les projets du général, il n'avait pas hésité, on s'en souvient, à les approuver : pas un instant la jalousie, la crainte d'être moins aimé n'avait effleuré son cœur. Il s'était souvent préoccupé de cette solitude à laquelle ses devoirs de marin l'avaient contraint de condamner son père : il connaissait mieux que personne ce caractère qui, à toutes les énergies du soldat, joignait les faiblesses de l'homme; il l'avait vu brisé par la mort de sa mère. Il savait qu'en perdant une compagne longtemps aimée, le général était resté comme un voyageur qui a perdu son chemin, se tourne inquiet aux quatre coins de l'horizon, ne sachant plus de quel côté il doit aller en avant, et quelquefois se laisse tomber sur la terre, découragé et abattu.

Bien que la force morale de M. de Morlaines eût triomphé de cette première crise, pourtant il était à redouter que l'ennui, le désœuvrement ne le minassent peu à peu. Marie Deltour était apparu tout à coup dans sa vie, lui tendant la main pour mieux l'aider à vivre. Sans la connaître autrement que par les lettres quelque peu passionnées du général, Georges avait deviné cependant que cette femme jeune, jolie, se résignait, par une de ces charités délicates dont les grands cœurs ont le secret, à une œuvre de salut, de résurrection. Et du fond de sa conscience, Georges lui avait voué un respect reconnaissant dont l'expression, fréquemment renouvelée dans ses lettres, était douce au cœur du général.

Lorsque celui-ci répondait à son fils, c'était pour lui détailler, avec la complaisance de l'homme heureux, les bonheurs sans cesse renouvelés de cette existence placide, tout ensoleillée du jeune sourire de sa femme. Georges avait annoncé son retour prochain. Depuis cette époque, aucune lettre de son frère n'était arrivée jusqu'à lui : il avait hâte de mettre le pied sur le sol de France, il était prêt à demander un congé de quelques mois qu'il passerait au milieu de ces heureux auxquels il allait demander une part de leur bonheur.

Et voici que sur ces espoirs si longtemps caressés, qui avaient grandi, qui avaient pris possession de tout son être, était tombée, lourde, brutale, cette dépêche de M. de Samereuil : — Le général de Morlaines s'est suicidé ! Si vous le voulez revoir encore, hâtez-vous ! — Le suicide !... Ce mot avait frappé son crâne comme un coup de massue. Quel horrible mystère de douleur, de désespoir s'était donc tout à coup révélé ?

Georges se sentait devenir fou, et il ne s'interrogeait pas encore. Ce voyage rapide s'était accompli dans la fièvre. Ces horribles surprises mettent au cerveau une sorte d'ivresse qui engourdit la pensée.

Il avait dans la tête ce bruissement sinistre que la tempête jette aux oreilles du rin. Il ne doutait pas et il ne croyait s non plus. En réalité, il était des instts où il oubliait pourquoi il souffrait. souvenir ne s'était réveillé, terrible, ignant que lorsqu'il avait atteint Paris. vait couru chez un de ses amis, avait s un cheval, puis au galop, éperonnant bête au sang, il s'était élancé, contiant son rêve vertigineux... et maintent tout à coup, cœur et corps brisé, il eurait...

Sut-il seulement comment il franchisit le perron, comment il marchait à trars cette large pièce, éclairée par un le rayon qui filtrait à travers les rideaux demi fermés? Il vit la bière ouverte, il t le visage livide et immobile... désolé, branlé jusqu'aux plus profondes assises de son être, il ne pensait pas à l'embraser. Il fallut que M. de Samereuil le poussât, le couchât pour ainsi dire sur ce cavre. Alors il resta plusieurs minutes — souffrant un siècle de désespoir — les lèvres appuyées à un front de marbre... Enfin il se releva et regarda autour de lui, madame de Morlaines se tenait à l'écart, enveloppée d'ombre, drapée dans son deuil. Il la considéra un instant, curieusement... Elle vint à lui, la main tendue et à ce simple geste, il devina qui était cette femme, il se rappela combien son père l'aimait, et sans voir sa jeunesse il s'agenouilla devant elle, en lui disant :

— Ma mère ! ma mère !...

Elle avait, elle aussi, de grosses larmes roulant sur son visage et dans son regard fixé sur ce fils passait un rayon hagard et désespéré... il lui serrait les mains et répétait avec une joie âpre cette appellation filiale...

M. de Samereuil avait presque peur. Ces douleurs confinaient à la folie. Elles étaient trop silencieuses et trop intimes. Il fit un signe aux hommes qui attendaient, et posant la main sur l'épaule de Georges :

— C'est l'heure, dit-il; adressez un dernier adieu à votre père...

Georges se redressa, debout, tout d'une pièce. Une pensée subite venait d'éclairer son cerveau :

— Non! non! cria-t-il. Pas encore! Je veux lui parler, seul! Laissez-moi quelques instants avec lui...

Et d'un geste superbe, despotique, il chassa tous ceux qui l'entouraient...

Madame de Morlaines comprit. Cette concession était nécessaire. Il fallait que ce désespoir s'émoussât par l'action, si insensée qu'elle fût. Elle prit doucement la main de M. de Samereuil et l'entraîna. Tous, silencieux, obéirent à cet ordre muet... La porte se referma...

Georges se tenait auprès du cercueil ouvert :

— Père, dit-il d'une voix sourde, je suis ton fils... réponds-moi... ils disent que tu t'es donné la mort... pourquoi? je veux te venger... il faut tout me dire...

Il se pencha sur le cadavre, si près que son visage effleurait la face marmoréenne; sur les paupières qui laissaient filtrer le regard terne des morts, il glissait, lui, son regard vivant qui interrogeait en fouillant jusqu'au fond de ce cerveau inerte.

— Dis-moi... quel spectre s'est tout à coup dressé devant toi? de quelle horrible vision as-tu donc eu cette peur soudaine et mortelle?... Je te connais... tu avais le courage des âmes fortes... et pour t'abattre, la fatalité a dû frapper ses coups les plus durs... qu'as-tu vu face à face? Un crime... qui l'a commis? de quelle infamie t'es-tu donc senti tout à coup enveloppé, que tu aies voulu l'arracher avec les lambeaux de ta chair et de ta vie? Père! père! tu t'es puni de la faute d'un autre... quel est cet autre que je l'écrase à mon tour! Il frissonna tout entier, et posant sa main sur cette poitrine où le cœur ne battait plus :

— Sur mon honneur de marin, sur le souvenir de ma mère, je te jure, père bien-aimé, que je braverai tout obstacle pour arriver à l'ennemi qui t'a frappé, à l'infâme qui a mis en ta main l'arme de mort... Mon père, je jure de punir... je jure de tuer qui t'a tué !...

Puis, avec désespoir, il crispa ses ongles dans ses cheveux, en criant :

— Mais qui donc? qui donc?

Alors, au fond de la pièce sombre, une tenture se souleva, et une femme, rigide comme un fantôme, la bouche tordue d'une ironie furieuse, glissa jusqu'à Georges de Morlaines... Il la reconnut; c'était la vieille compagne de son père, c'était l'amie des temps passés, la servante qui l'avait bercé dans ses bras de nourrice... Il tendit les mains vers elle...

Et Germaine, un doigt sur ses lèvres, se pencha vers Georges de Morlaines, et lui dit d'une voix à peine perceptible :

— Aie patience, mon fils. Aie patience! ce soir, tu sauras tout...

Il la regardait, épouvanté de ce mystère qui surgissait en réponse immédiate à la question posée au cadavre...

— Quoi! Germaine! tu sais...

— Tout!...

— Et tu me désigneras le coupable?

— Et tu le puniras?

— J'ai juré...

— Va pleurer sur la tombe de ton père, dit-elle encore, et ce soir... quand tous se seront endormis, je veillerai... moi...

M. de Samereuil ouvrit discrètement la porte. Germaine avait disparu. Georges était plus blanc que le cadavre...

V

Lorsque la première fois M. de Morlaines s'était marié, c'était un jeune officier, fier de sa taille désespérément sanglée dans l'uniforme, aimant à faire miroiter ses épaulettes, étoiles rayonnantes dans le ciel brumeux des villes de garnison, caracolant à courbettes que veux-tu sous les balcons et devant les rideaux entrebâillées.

Un jour, il avait pensé à se créer une famille. A vrai dire, il était amoureux surtout parce qu'il se savait aimé. Maître d'une belle fortune, il lui eût été facile de suivre l'impulsion de son cœur, alors même que la femme choisie eût été pauvre. Mais il se trouva que les intérêts de sa situation concordaient au mieux avec ses aspirations matrimoniales. Berthe des Chaslets, issue de la vieille noblesse de l'Ile-de-France, apportait en dot une centaine de mille francs : c'était une créature charmante, un peu poupée peut-être mais vive, gaie, spirituelle à ses heures ayant à la nuque ces frisettes folles qui troublent si fort les cervelles, et aux lèvres le sourire qui épanouit les âmes en s'épanouissant lui-même.

M. de Morlaines, homme d'énergie et de volonté, n'était pas précisément un saint. Il eût été même aisé, feuilletant le livre décousu de sa vie nomade, d'y trouver bien des pages dont, selon la formule consacrée, la mère eût difficilement permis la lecture à sa fille. Mais le cœur était jeune, disons même naïf. Cet amour virginal le rehaussa dans sa propre estime : étant resté orphelin de bonne heure, il avait la nostalgie de la famille, et quand évadé du café et des réunions de camarades, il se trouvait, le soir, sous la lumière calme qui tombait d'un abat-jour discret, auprès d'une table ronde qu'entouraient M. des Chaslets, vieux gentilhomme un peu revêche, très fier, mais bonhomme au demeurant, puis Mme des Chaslets, dont les mièvreries pomponées rappelaient les chanoineries féminines du dernier siècle, et enfin Berthe, toute rougissante sous ses regards enflammés, M. de Morlaines éprouvait des joies inconnues, et ce n'eût pas été devant lui qu'on se fût permis impunément de médire des belles-mères et du ménage. Dernier point, le plus grave. Un beau soir d'automne, à l'ombre de peupliers ou de hêtres (l'essence ne fait rien à la chose), de Morlaines avait osé saisir une main qui ne s'était pas trop refusée, il avait effleuré du bout des lèvres un front qui avait brûlé de pudeur et de surprise, et il avait murmuré quelques mots :

— Mademoiselle Berthe, voulez-vous être ma femme?

Ceci ou autre chose. Le sens y était.

Et comme il ne lui avait pas été répondu, — ce qui en rhétorique d'amour est le plus éloquent des discours, — dès le lendemain, strict comme s'il fût agi d'un duel ou d'une dette de jeu, M. de Morlaines s'était rendu chez son colonel et lui avait dit :

— Le régiment étant ma famille, vous êtes mon père. Je vous prie de vous rendre chez M. des Chaslets et de solliciter en mon nom l'honneur de son alliance.

Le colonel, qui était un vieil ami de Morlaines et prenait avec lui son franc parler, ne s'était point fait faute de sacrer de la plus impertinente façon ; il avait même rudement pincé l'oreille de ce grand garçon qui « allait faire une bêtise ». Mais le grand garçon s'était regimbé tout net.

Et la demande avait été faite, accueillie, les bans avaient été publiés, les félicitations narquoises que l'on sait avaient été adressées au jeune lieutenant, promu capitaine et décoré pour la circonstance. Bref, Berthe des Chaslets se nommait désormais la comtesse de Morlaines.

Pendant vingt-cinq ans, le mari de Berthe vécut dans son rêve de miel. Une seule ombre : ce ne fut qu'au bout de la cinquième année qu'il devint père. Pour s'être fait attendre, le bonheur ne fut que plus profond. Il était arrivé trop souvent, au gré de l'époux amoureux, que les exigences du service l'eussent contraint à des absences de plusieurs mois; mais il était d'une suprême habileté pour se ménager des occasions de fuite, et il arrivait subitement, embrassait sa femme et repartait.... Quand il eut un fils à embrasser, il resta quelques minutes de plus, il emporta de doubles trésors de joie.

Berthe, vers l'âge de trente ans, devint malade. Elle s'affaiblit, et peu à peu dut se désintéresser des soins de l'intérieur. Ici Germaine lui fut d'un grand secours.

C'était la veuve d'un soldat tué en Crimée. Elle avait noblement porté sa douleur : n'ayant pas d'enfants, elle avait fait sien le fils de son maître. C'était la probité vivante, et elle s'était bientôt si complètement identifiée à ceux qu'elle servait, qu'elle traitait de leurs intérêts mieux que ne l'eût fait Berthe, laquelle était restée, par enfantillaage ou par paresse native, craintive des responsabilités. Germaine fut un intendant d'une intégrité absolue, d'un dévouement à toute épreuve. Elle était fière des services qu'elle rendait; ce mandat qui lui était échu la grandissait à ses propres yeux, et pour le mieux exercer elle s'efforça — sans mauvaise intention d'ailleurs — de l'élargir encore.

Berthe laissait faire. Elle s'attristait de plus en plus, sans doute par conscience de son état de faiblesse. Déjà elle prévoyait le terme de sa vie, et tenait ses yeux obstinément fixés sur la tombe qui l'appelait. On eût dit quelquefois que cette nature — naguère vivace — aujourd'hui brisée — pliait sous quelque douleur secrète et toujours saignante.

Le général ne la quittait plus : à la voir lentement s'éteindre, il serrait plus fortement contre sa poitrine l'enfant qui était comme le renouveau de sa vie. Le caractère de la pauvre femme s'était singulièrement modifié. Il semblait que ses facultés s'altérassent. Elle avait des convulsions morales, des crises terrifiées pendant lesquelles, hagarde, elle repoussait son mari, son fils, criant des mots sans suite et des phrases incompréhensibles. Ces agonies de l'être aimé épuisent les plus forts courages.

A l'heure de sa mort, comme le général, pleurant, se tenait penché au pied de son lit, la couvrant de son regard dont il eût voulu la réchauffer, Georges vint s'agenouiller pieusement auprès d'elle. Elle se redressa par un effort violent, et le saisissant, l'attira contre sa poitrine. En même temps, elle cria à son mari :

— Il est à moi ! à moi ! je vous défends de le haïr !... Germaine, défends-le ! défends-moi !...

C'était la folie de la minute suprême. Elle retomba en arrière avec un râle atroce, morte !...

Germaine tutoyait le fils de son maître. Elle avait bien acquis ce privilège. Le souvenir de la morte avait été caché pieusement au fond de son cœur, fruste comme un sépulcre creusé dans le roc. Elle l'y adorait. D'où sa haine contre l'étrangère, contre la Deltour, comme elle l'appelait. N'ayant pu l'accuser d'avoir tué Berthe, il semblait qu'aujourd'hui elle voulût l'accabler du suicide inexpliqué de M. de Morlaines...

Georges l'avait entendue. Mais, rejeté aussitôt dans l'engrenage de la réalité, il avait marché d'un pas mal assuré derrière le corps de son père, fronçant les sourcils avec des contractions douloureuses aux roulements sourds des tambours encrêpés.

Par bonheur, il n'eut pas à subir d'énervantes banalités. Les vieux soldats qui étaient venus saluer leur camarade avaient trop souvent vu la mort en face pour ne la point respecter; pour tous M. de Morlaines avait succombé à un de ces accès de fièvre chaude qui font jaillir du cerveau je ne sais quelle subite et inconsciente attraction vers la mort. Au feu, tous avaient éprouvé de ces étranges curiosités, et avaient cherché — ne fût-ce que pendant une minute — à lui arracher son secret. Ils étaient moins surpris que s'ils ne l'eussent point affrontée, et ils se sentaient plus chagrins, pensant à la douleur de la veuve et du fils, qu'en songeant au général qui « avait fait son temps. »

Quand la nuit vint, la foule s'écoula. Georges se trouva seul avec M. de Samereuil. Celui-ci, voulant galvaniser cette souffrance trop muette, parla de l'événement mystérieux. Bientôt Georges écouta; et comme d'abord il n'avait pas entendu, il se fit répéter minutieusement toutes les circonstances de cette catastrophe. M. de Samereuil le contraignit à émettre son opinion, à regarder le fait en face et a interroger le sphinx funèbre.

Georges n'obtenait pas de réponse, non plus que les autres.

M. de Morlaines aimait la vie, que son nouveau mariage lui faisait douce et heureuse.

Georges avait encore sur lui, dans son portefeuille, la dernière lettre que son père lui avait adressée. Les deux hommes la relurent ensemble. Elle respirait une gaîté franche, profonde, rajeunie. Il y avait entre les lignes, sous les mots, des lueurs de bonheur. Et, on le sentait, c'était le sourire de Marie de Morlaines qui éclairait ce printemps de vieillesse.

M. de Samereuil reconduisit Georges jusqu'aux Petites-Tuileries et se retira, promettant de revenir le lendemain. Le jeune homme le lui avait demandé. Georges se trouva, dans cette maison, seul avec madame de Morlaines, occupant brusquement la place de son père. Ce fut pour ces deux âmes désolées un moment de lamentable angoisse. Ils n'eurent pas le courage de s'interroger.

Le double silence de la mort et de la douleur planait sur la demeure.

Germaine ne parut pas. Sans doute, elle songeait à Georges qui l'oubliait.

De bonne heure, madame de Morlaines, épuisée, demanda la permission de se retirer. Il y avait entre elle et ce fils un accord tacite de ne point provoquer de confidences jusqu'au lendemain. Seulement, au moment où Marie se leva pour se diriger vers sa chambre, Georges lui dit doucement :

— Ma mère, embrassez votre fils!

Et il y eut, dans un sanglot contenu, l'expression du suprême regret que laissait dans ces deux cœurs l'absence d'un honnête homme.

Georges appela le domestique et donna quelques ordres pour la matinée. Puis il descendit dans le jardin. Il n'éprouvait pas encore de lassitude. La surexcitation n'était pas tombée.

La nuit, profonde maintenant, l'enveloppait, et le craquement du sable sous ses pieds lui rappelait le cimetière où dormait son père. Il cherchait à se redresser sous le coup qui l'avait frappé. Pour la première fois depuis trois jours, il avait la notion d'un réagissement nécessaire. S'efforçant, il respira plus largement, plus longuement. Il reprit possession de sa pensée. Le vent frais passait dans ses cheveux et réveillait sur ses tempes la sensation engourdie; c'était comme si la vie fût peu à peu rentrée en lui. Il revoyait un à un les faits de ces dernières heures, et tout à coup il se rappela les étranges paroles de Germaine.

A quoi donc songeait-il ?... Et comment ne lui étaient-elles pas revenues plus tôt en mémoire? Certes, le suicide de son père était évident. Mais à cet acte de désespoir nul n'avait formulé de cause vraisemblable. La fièvre, la maladie ! mais tout semblait prouver que la main et la tête étaient calmes à l'heure fatale. Le soldat avait appuyé le pistolet sur son crâne, sans un tressaillement.

— Tu ne viens pas ! me voici ! dit une voix sourde derrière le jeune homme.

Il frissonna, et se retourna brusquement. Estompée de ténèbres, Germaine, grande, maigre, étrange silhouette, se tenait debout derrière lui... il agita les mains comme s'il eût voulu écarter une vision fantastique...

— Est-ce que tu ne veux pas venger ton père, Georges? dit-elle, parlant vite comme si elle eût éprouvé une hâte fiévreuse de jeter l'accusation qui bourrelait son âme. Est-ce que toi aussi tu t'es laissé prendre aux douceurs de cette femme !... alors, je m'en vais... et c'est moi qui agirai... seule...

Georges secoua sa torpeur.

— C'est toi, Germaine. Pardonne-moi, je rêvais, je suivais par delà la vie celui que j'ai tant aimé... Que veux-tu?... je ne te comprends pas...

— Oh ! tu me comprendras... sois tranquille. Je serai brève... et claire...

Elle lui prit la main, et, l'entraînant, elle l'attira jusqu'au bout du parc... Là, il y avait un bosquet de plantes vertes, troënes et lauriers, qui formait comme un rideau... au-delà, une palissade haute de quelques pieds laissait deviner les profondeurs de l'horizon.

— Tiens ! fit-elle en le contraignant à s'asseoir sur un banc tandis qu'elle-même restait debout, regarde où tu es... c'est l'extrémité du parc... là, on est caché !...

nul ne peut voir... et pourtant on a vu !...

— Qu'a-t-on vu ?...

Germaine se redressait comme pour jeter de plus haut les paroles sinistres qui brûlaient ses lèvres :

— On a vu, reprit-elle d'un ton grave, solennel, on a vu entrer le déshonneur... on a vu entrer le désespoir... on a vu entrer la mort...

Georges, bien qu'il ne vît point distinctement son visage, tenait ses yeux obstinément fixés sur cette forme noire... des gouttes de sueur coulaient sur son front..,

— Parle, dit-il.

— Veux-tu savoir pourquoi ton père s'est tué ?...

— Si je le veux !...

— Eh bien ! c'est parce que ton père a commis un crime dans sa vie...

— Un crime !...

— Oui, un crime de faiblesse, d'insulte pour la mémoire d'un ange... et cela, le jour où il a donné le nom de comtesse de Morlaines à une...

Georges se leva d'un bond :

— Tais-toi, Germaine ! au nom de mon père, je te défends d'outrager celle qu'il respectait...

— Au nom de ton père, je dirai la vérité... Cette femme est une misérable... qui a su, par sa bassesse, par son hypocrisie, conquérir, voler plutôt la place que ta mère avait occupée ; elle a assis à ce foyer d'honneur l'infamie et l'adultère... Comprends-tu, maintenant, pourquoi le général s'est cassé la tête d'un coup de pistolet ?...

Cette paysanne avait une sorte d'éloquence sauvage qui procédait par coups de massue.

Georges chancelait. C'était comme une nouvelle mort qu'il apprenait tout à coup : le second choc était trop rude... il se laissa tomber sur le banc, et plongeant la tête dans ses deux mains, il se mit à pleurer nerveusement.

— Pleure ! pleure ! continuait Germaine avec un accent dont l'âpreté devenait effrayante... mais souviens-toi que tu as juré de venger ton père. Tu la chasseras, n'est-ce pas ? tu la jetteras dehors comme une bête malfaisante, en criant bien haut la vérité... car elle est orgueilleuse, la belle Marie Deltour, et impudente donc !...

Il y eut une dernière révolte dans la conscience de ce fils, respectueux des profondes affections de son père :

— Je ne veux rien entendre, dit-il brusquement. Tu es folle... la douleur t'égare. Demain, oui, demain, nous reparlerons de tout cela.

Il répétait ce mot : Demain !... et il repoussait Germaine dans la direction de la maison. Mais elle se dégagea, et levant ses bras vers le ciel, comme si elle allait maudire :

— Mais tu es donc devenu lâche ! cria-t-elle avec force.

— Lâche ! moi !

— Tu n'aimais donc pas ton père !...

— Ne dis pas cela !... c'était l'ami de mon âme, c'était ma conscience vivante !...

— Eh bien ! alors.... Pourquoi ne veux-tu pas m'entendre ?...

Il baissa la tête sans répondre.

— Pourquoi ? je vais te le dire, moi... Oh ! tu sais, je suis toujours la même... de ma vie je n'ai menti, et de ma vie je n'ai pu garder un poids sur le cœur... Tu ne veux pas que j'accuse cette femme, parce que tu la trouves jolie !... Ah ! tous les hommes sont les mêmes !...

D'un geste irrité, Georges lui saisit les poignets :

— Malheureuse ! tu blasphèmes !... Cette femme est l'épouse de mon père... je l'ai appelée ma mère.

— Toi ! tu l'as appelée... Ah ! c'en est trop !... Georges, je veux que tu m'écoutes, et tu m'écouteras... D'abord je ne te laisserais pas passer... il faudrait me frapper, et tu n'oserais pas, car après la sainte créature, si bonne, si pure que nous pleurons, après la vraie comtesse, il n'y a que moi... que moi, entends-tu bien, ingrat! que tu aies le droit d'appeler ta mère !...

Il reculait devant Germaine. Il se sentait dominé, saisi d'une sorte de terreur superstitieuse. La vieille servante avait maintenant dans la voix d'ineffables douceurs :

— Est-ce que tu crois que c'est pour rien que je vais te faire de la peine !... je sais bien, il aurait été doux pour toi de croire à l'honnêteté de cette femme, à son amour pour ton père. Mais enfin, raisonne, mon enfant ; comprends... il s'est tué... donc il était malheureux, c'est bien simple cela... malheureux par qui ?... ce n'était pas par moi... tu me connais !... ni par toi non plus, le meilleur et le plus respectueux des fils... Donc, c'est par elle... par cette voleuse de fortune et de titre qui s'est faite comtesse... qui porte le nom de ta mère... Oh ! mais... tu le lui reprendras, tu le lui arracheras... c'est à toi, c'est à nous, ce nom-là !... Tiens ! je crois qu'il faudra la tuer... ça vaudra mieux...

Nulle expression ne saurait rendre l'exaltation furieuse de cette femme qui semblait une des sages antiques des forêts gauloises... C'est qu'elle avait si longtemps haï — d'une aversion féroce — cette intruse qui lui avait pris son maître... Elle la tenait, à ce qu'il paraît... et la louve ne voulait pas lâcher sa proie...

Georges ne résista plus : il se courbait sous une horreur épouvantée. Il voulait savoir maintenant... la réalité, quelle qu'elle fût, serait un soulagement à ces indicibles angoisses...

— Germaine, parle :

— Voilà ! Il y a de cela cinq jours... juste... un individu, une espèce d'homme d'affaires, est venu aux Petites-Tuileries, soi-disant pour parler à M. de Morlaines de la vente d'une ferme... c'était un beau garçon, ma foi... dans les quarante ans, rasé de frais, avec des favoris longs d'un pied, et de petits yeux clignotants, mais malins comme ceux d'un chat... Tu sais que M. de Morlaines ne s'occupait jamais d'affaires... Dès que cet homme, qui avait un fier aplomb, comme tu vas voir, lui eut touché deux mots de la vente — un mensonge — le général lui répondit : « Cela ne me regarde pas. Parlez à ma femme ! » C'est vrai que c'était toujours la même chose : elle faisait tout, s'occupait de tout... et recevait même l'argent... tu sauras à quoi elle l'employait... Justement la belle madame arrivait à ce moment-là... le général lui dit deux mots et la laissa avec l'autre... Moi, si j'ai eu tort, pas tort, ça ne regarde que moi — cet homme-là ne me revenait pas... j'avais surpris quelque chose déja... Quand il avait vu madame, il avait eu comme un geste de surprise... ou plutôt d'émotion. Elle... (Ah ! je l'ai dans le sang, cette femme-là !) elle le regardait bien en face comme si elle ne le connaissait pas...

J'aurais voulu écouter... mais ils se mirent à causer devant la maison, auprès du petit kiosque. Il aurait fallu être dans ce kiosque... je ne pouvais pas, à ce moment-là, y entrer sans être vue. Seulement, je les guettais... je suivais le mouvement des lèvres, exaspérée de ne pas entendre les voix. Ce que je voyais, pourtant, c'est qu'ils discutaient... plus, ils se disputaient... elle voulait faire de la dignité, c'était son fort... lui, un peu pâle, mais très calme, pérorait, et pour un peu, il eût crié... même que la Deltour a eu peur que M. de Morlaines, qui était dans le salon, n'entendît quelque chose... Elle a posé sa main sur le bras de l'homme et elle l'a entraîné de l'autre côté du kiosque... alors j'ai profité de ce mouvement-là... j'ai couru, je suis allée me blottir dans le pavillon... seulement il était déjà trop tard, ils avaient fini leur complot. Mais sais-tu, mon Georges, sais-tu ce qu'ils se disaient... là... à deux pas de ton père ?...

C'était elle qui parlait :

« — Monsieur, vous êtes un misérable... mais je suis contrainte de vous obéir... vous voulez dix mille francs...

» — Oui, dix mille francs...

» — Et vous me remettrez les lettres...

» — Toutes, sans exception.

» — Eh bien ! monsieur, demain soir... n'entrez pas ici... faites le tour du parc... et présentez-vous à neuf heures à la palissade, là où vous remarquerez un rideau d'arbres verts...... je vous remettrai la somme...

» — Et moi, madame, je vous livrerai ces lettres. »

Il balbutia encore quelques mots de regrets... d'excuse... elle le poussait vers la grille... l'homme disparut. Et son geste disait qu'il serait exact.

Voilà. Cinq minutes après, la Deltour — menteuse effrontée — disait à M. de Morlaines :

« — Les propositions de cet agent d'affaires sont inacceptables... Ce serait un marché de dupe. Nous garderons la ferme. »

Oh ! elle disait « nous » quand il s'agissait de la fortune des Morlaines. Eh bien ! Georges... qu'en dis-tu ? et veux-tu encore m'imposer silence ?

— Continue, dit Georges d'une voix si basse qu'elle était à peine perceptible.

La Germaine avait maintenant un accent de triomphe :

— Je ne te le cache pas... je haïssais cette femme d'instinct... seulement je n'aurais pas supposé cela... des lettres, qu'on rachète dix mille francs ! On sait ce que c'est, pas vrai ? Il a été bien bête de ne pas demander plus... pour garder son nom et sa réputation d'honnêteté, elle aurait pillé jusqu'au dernier sou de ton père... car, tu comprends bien, elle n'a pas un rouge liard, cette mendiante ! Et les dix mille francs, c'est les écus du général qui l'ont dansé !...

Elle prenait joie à se faire triviale, comme elle eût voulu piétiner sur son ennemie.

— Ainsi, fit Georges, elle a payé... elle a racheté... ces lettres...

— Attends !... tu vas tout savoir... Mais avant, Georges, je me mets à genoux devant toi... car il faut que tu me pardonnes !...

— Toi ! Germaine ! mais de quelle faute dois-tu donc t'accuser ?

— J'ai cru bien faire... j'ai voulu démasquer l'hypocrite... le lendemain, le soir... j'ai amené le général dans le parc, à deux pas de l'endroit où Deltour avait donné son rendez-vous... elle croyait son mari sorti... et il était là, tout près... et il a tout vu... l'homme venant... la Deltour donnant les dix mille francs que l'autre a eu l'impudence de compter... puis les lettres dans un portefeuille. Ah ! comme elle les a fourrées dans sa poche avec un cri de joie !... elle se croyait sauvée... mais elle m'avait oubliée, moi !...

Georges avait bondi sur ses pieds :

— Misérable ! mais c'est toi qui as tué mon père !...

— Est-ce que je savais, moi !... je croyais qu'il chasserait cette femme... est-ce que je pouvais savoir qu'il se punirait de la faute de cette criminelle... est-cé qu'il ne devait pas tout d'abord penser à toi, à son fils !... Ah ! sur mon salut, je jure que je ne le croyais pas assez fou pour l'aimer au point de mourir de sa trahison...

Georges était à bout de forces. Cet abîme lui donnait le vertige.

— Enfin ? questionna-t-il.

— Enfin, quand elle est rentrée à la

maison, bien fière, sans doute... et prête à monter dans sa chambre pour brûler les lettres... qui sait ! pour les relire peut-être... le général s'est trouvé là, devant elle; il l'a prise par la main et il l'a emmenée dans sa chambre, à lui... Oh ! il y a eu des pleurs, des supplications... elle s'est traînée à ses genoux... je l'entendais crier : « Pardon ! pardon !... » Je ne sais pas ce qu'il répondait, lui, tant sa voix était sourde et désolée... cela a duré une grande partie de la nuit... puis il a renvoyé la Deltour chez elle... elle ne voulait pas s'en aller... parbleu ! Je croyais alors qu'il lui avait ordonné de quitter la maison... Le silence s'est fait; je suis retournée là-haut, dans une chambre, comptant bien au matin voir la face honteuse de cette femme rougir sous mes yeux... Eh bien ! non ! c'est folie ! C'est lui, c'est ton père qui a voulu partir !... C'est lui qui s'est évadé, la nuit, de sa maison... comme un voleur !... et qui est allé se tuer... le pauvre !... le bon et cher maître !... qui est allé se tuer à une lieue d'ici... Georges ! oui, j'ai eu tort... je le sens, je le sais maintenant... mais voyons, est-ce que je pouvais laisser l'adultère à la place de ta mère !... ça n'était pas possible !.. j'ai fait mon devoir !...

Elle eut un geste de résolution :

— Au fait, si tu me crois coupable, tue-moi si tu veux... mais tue-là la première... que je la voie mourir pour mourir contente.

Silencieux, Georges écarta d'un geste lent la Germaine qui s'attachait à ses vêtements. Elle resta un instant abîmée, prosternée... Quand elle releva la tête, Georges avait disparu... Seulement elle aperçut bientôt de la lumière à la fenêtre de sa chambre...

A sept heures du matin, au moment où Marie de Morlaines sortit de sa chambre, elle vit sur le palier Germaine, en faction pour ainsi dire.

La jeune femme était prête à lui adresser quelque bonne parole, mais ses regards rencontrèrent l'éclair glacial qui jaillit des yeux de la servante. Elle distingua sur ses lèvres un sourire mauvais, fait de contractions et de colères contenues. Elle savait qu'elle n'était point aimée. Depuis trois jours seulement elle devinait la haine :

— M. Georges prie madame la comtesse de Morlaines, dit Germaine en appuyant avec une ironie évidente sur le titre et le nom qu'elle donnait à cette « Marie Deltour », de vouloir bien l'aller rejoindre dans la chambre du général.

Au ton dont ces paroles étaient prononcées, madame de Morlaines ne put réprimer un tressaillement. Elle n'aurait pu expliquer pourquoi elle s'était sentie tout à coup blessée au cœur. Ce fils, qu'elle n'avait jamais vu avant la catastrophe et auquel, de loin, elle avait voué une affection de sœur plutôt que de mère, lui paraissait peut-être s'emparer trop rapidement des prérogatives que lui conférait la mort de son père. Mais elle devinait, elle pressentait autre chose.

Comme elle était restée un instant immobile, surprise et peinée à la fois, Germaine reprit :

— Est-ce que je me suis mal expliquée ?

— Non ! non !... J'y vais ! répliqua Marie... dans quelques minutes.

Brusquement elle rentra dans sa chambre. Obéissant à l'instinct féminin qui n'abdique jamais, elle jeta un regard sur la glace, passa ses mains blanches sur ses bandeaux crespelés. Puis, comme si, pendant ce court moment, elle eût pris une résolution décisive, elle fit un geste et murmura :

— Allons !...

Elle marcha vers l'appartement de M. de Morlaines. Au moment de poser sa main sur la clef, elle éprouva une rapide défaillance et les larmes montèrent à ses yeux. Mais comme si elle eût deviné, blottie dans un angle de l'escalier, Germaine qui la guettait de son impitoyable espionnage, elle ouvrit la porte...

Georges était debout, le dos tourné, devant la fenêtre. Au bruit que fit la porte, il se retourna. Sous les lourds rideaux, tombant en plis épais, le jour passait gris et pâle, et sur ce fond qui semblait fait de brouillard se détachait la haute taille du jeune homme dont le visage était à peine éclairé...

Marie s'était arrêtée, comme troublée par la funèbre placidité de ce lieu, choisi par Georges pour leur premier entretien.

Lui s'inclina, et fit un pas au-devant d'elle. Alors elle vit ses traits couverts d'une pâleur si effrayante qu'elle ne put réprimer un cri d'inquiétude :

— Vous souffrez ! dit-elle vivement.

Il eut un geste lent par lequel il lu

imposa silence. Puis il lui désigna un siège. Il ne parlait pas. De sa gorge serrée, les paroles ne pouvaient pas jaillir. Madame de Morlaines était envahie par un sentiment de vague terreur dont elle s'efforçait en vain de triompher.

Dans cette pièce déjà décrite, et dont la simplicité était presque cénobitique, un portrait de grandeur naturelle, — celui du général en grande tenue, — faisait face à la fenêtre.

Quand Marie se fut laissé tomber sur le fauteuil qui lui était indiqué, Georges se tourna vers ce portrait, les deux bras croisés sur sa poitrine, le regardant de toute la puissance de son regard furieux. C'est qu'il lui demandait un dernier conseil! C'est qu'il voulait dans cette évocation réclamer de celui qui n'était plus, le droit de se montrer implacable. Interdite, Marie n'osait parler la première. Cependant, ce silence qui se prolongeait était trop lourd à porter.

Georges détacha ses yeux du portrait ; puis, debout devant madame de Morlaines :

— Madame, lui dit-il, ignorez-vous, aujourd'hui comme hier, pourquoi mon père s'est tué ?

Sans hésiter, Marie répondit :

— Je n'ai rien appris... rien deviné...

Seulement, disant cela, on eût dit qu'elle reprenait tout à coup possession d'elle-même. Evidemment, cette question ne l'étonnait pas, elle avait d'avance ses réponses prêtes.

Georges s'était mis à marcher. Il avait aux mains des agitations fébriles.

— Ainsi, reprit-il, dans la nuit qui a précédé cet horrible suicide, mon père ne vous a rien dit qui pût vous ouvrir les yeux sur ce fatal projet... rien ?... pas un mot ?...

— Pas un mot ? répéta madame de Morlaines, comme un écho.

— Et vous êtes certaine que mon père

n'avait — en apparence du moins — aucun sujet de grave préoccupation... de chagrin...

— Je ne m'en suis pas aperçue, dit Marie de sa voix la plus calme. Ce n'était pas la première fois, d'ailleurs, que nous passions la nuit à causer...

— Quel était le sujet de ce long entretien ?...

— Nous avons parlé de tant de choses!

— Mais entre autres !...

— Je puis vous affirmer que nous avons beaucoup parlé de vous...

On devinait que Georges retenait sur ses lèvres des élans de colère prêts à s'en échapper. Cependant madame de Morlaines paraissait ne pas y prendre garde. Les yeux à demi fermés, elle semblait écouter avec une attention soutenue, active, comme si elle eût redouté de perdre un seul mot, ou plutôt comme si elle eût cherché à prévoir les paroles qui allaient être prononcées.

Il y eut un nouveau silence. Georges de Morlaines n'était pas un habile : les marins regardent le danger en face et luttent corps à corps avec lui. Entre la mer et l'homme, c'est une guerre sans merci dont la vie est l'enjeu. Mais, du moins, celui qui se défend agit dans la plénitude de sa force ; il rend coup pour coup, l'ennemi est trop fort pour qu'il en ait pitié.

Ici, dans cette chambre, en face de cette femme qu'un souffle pouvait briser, Georges, voulant frapper, retenait son bras. Il s'épouvantait des coups qu'il pouvait, qu'il devait porter. En même temps, l'horreur de l'hypocrisie, le dégoût de cette dissimulation, voilée de faiblesse, l'irritait de plus en plus. C'était un homme violent, c'est-à-dire que ses efforts sur lui-même, en refoulant la colère, en rendaient l'explosion plus terrible. Il était maladroit à ces passes d'armes courtoises : sous sa main, il sentait comme une lame nue et il était impatient de rejeter tout scrupule, toute crainte... Ayant médité toute la nuit, il s'était juré d'être calme; il avait décidé qu'il userait d'abord de prudentes réticences, qu'il tenterait tout pour provoquer un aveu...

Mais déjà sa voix qui tremblait mentait à ces engagements, sa conscience qui se soulevait lui criait d'agir. C'était assez de patience, assez de patelinage. Il y avait là un coupable : il fallait que le juge se montrât.

Et tout à coup, comme si une détente eût soudainement agi, comme si un ressort se brisant dans sa poitrine eût inutilisé tout effort en arrière, Georges s'écria :

— Mais ne mentez donc pas!... madame. Vous ne comprenez donc pas que je sais tout!...

Tout le sang de la jeune femme avait reflué à son cœur; une pâleur violacée envahit son visage.

On eût pu croire qu'elle allait s'évanouir; non. Par un ressaisissement de sa volonté, si prompt que la défaillance fut à peine perceptible, Marie eut la force de dire :

— Vous m'insultez ! c'est mal ! Que savez-vous ?...

Sa voix était douce, grasse de larmes. pourtant elle ne pleurait pas : une lueur brillait dans ses yeux, dont la teinte bleue s'était nuancée d'un gris d'acier.

Devant ces mots « vous m'insultez !... » Georges eut une hésitation. C'était vrai. Et cette insulte s'adressait à une femme.

Mais aussi cette femme avait tué son père !...

— Je sais, madame, reprit-il d'un accent plus grave, que mon père avait surpris un lamentable secret... et que c'est ce secret qui lui a mis à la main l'arme de mort...

— Et ce secret !... dit tout bas Marie, regardant Georges, attendant sa réponse avec une angoisse qui mettait à son front blanc des perles de sueur, ce secret ! vous le connaissez !..

— Oui !

Madame de Morlaines se renversa en arrière, fermant les yeux. Elle écoutait ce : oui ! Elle en méditait l'inflexion et la sonorité.

— Expliquez-vous plus clairement, dit-elle.

— Eh ! à quoi bon ! s'écria Georges. En vérité, madame, avez-vous si grand besoin qu'on réveille ces hontes, ensevelies dans une tombe ?

Cette fois, nettement et avec une audace singulière, madame de Morlaines répartit :

— Des hontes !... Je ne vous comprends pas !...

Georges eut un geste furieux.

— Mon père n'a-il pas surpris des lettres ?

— Vous savez cela !

— Puisque je vous ai dit que je sais tout !

— Continuez.

Chose singulière, elle ne baissait pas la tête. C'était trop d'infamie, à la fin !...

— Et ces lettres prouvaient à mon père que celle qu'il avait crue chaste, qu'il avait aimée, que cette femme l'avait déhonoré !...

Madame de Morlaines eut un geste étrange. C'était comme l'expression du découragement.

— Enfin ! dites-moi donc... fit-elle d'une voix presque impatiente, de qui voulez-vous parler ?

— De qui ?...

Il vint droit à elle, impuissant à se contenir plus longtemps. Il la saisit par les poignets, et la courbant sur le tapis :

— Vous que mon père avait choisie, vous qui n'aviez qu'un mot à dire pour ne pas usurper à ce foyer honnête — où était ma mère — la place qu'on vous offrait !... vous qui étiez jeune, qui aviez devant vous l'avenir... Comment avez-vous eu l'infamie de tromper cet homme?...

Qui eût regardé le visage de Marie de Morlaines, au moment où elle était souffletée de cette accusation, aurait cru être le jouet d'une hallucination. Elle était tombée à genoux, elle pliait la tête, et cependant, à ses lèvres, il y avait, suspendu, à peine visible, mais réel, quelque chose comme un sourire.

— Ah! vous ne niez pas, maintenant! criait Georges. Malheureuse! vous n'aviez donc pas compris qu'il n'est pas d'énigme dont on ne trouve le mot. Ce pauvre père, cet homme d'honneur qui vous aimait avec la folie d'un jeune homme!... vous avez pris, volé son nom pour le traîner dans la boue! il ne s'est pas préoccupé de cela, je le sens, je le devine. Son honneur!... bah! il en eût fait bon marché, à cette heure maudite... Ce qui l'a tué, c'est qu'il vous aimait! c'est qu'il a vu se briser entre ses mains ses illusions qu'il caressait avec la joyeuse faiblesse d'un vieil enfant... c'est que tant de duplicité l'a désolé, abattu, brisé !... Ah ! rachetant vos lettres d'amour qu'un misérable, expert en chantage, vous était venu vendre, vous vous croyiez libre, tranquille... La fatalité veillait... et quand il vous a contraint de lui livrer ces témoignages indéniables de votre mensonge, de votre lâcheté, il est devenu fou !... il ne vous a pas tuée !... Comme il vous aimait !... Il a préféré mourir, se précipiter du faîte de ses bonheurs brisés dans les profondeurs du néant !... Ah ! misérable ! En vérité, ce qu'il n'a pas fait, lui, j'ai désir de le faire !

Ne se possédant plus, les yeux fixés sur les yeux du portrait, Georges avait levé le bras.

— Décidez de moi ! dit Marie de Merlaines d'un accent si calme, maintenant, qu'on eût compris qu'elle était prête pour le châtiment.

— Oh ! si j'avais une preuve ! s'écria le jeune homme.

— En voici une ! dit une voix.

Germaine était entrée.

— Tu demandes une preuve, Georges, donc tu doutes encore ! Eh bien ! regarde ceci... C'est la rosette de la Légion d'honneur que ton père portait à la boutonnière... Avant de se tuer, il l'a arrachée et jetée loin de lui... Qui donc l'avait déshonoré ?

Georges, violemment, la poussa dehors.

— Va-t'en, dit-il, je suis le maître ici, je suis le juge...

Il revint vers Marie qui n'avait pas fait un mouvement, toujours à genoux, toujours la tête baissée :

— Madame, dit-il rapidement, d'une voix haletante, vous allez partir... disparaître. Je ne veux pas vous punir. Les femmes comme vous rencontrent le châtiment et s'y offrent d'elles-mêmes... Ce que vous avez fait est infâme... je ne sais si vous le comprenez. Votre silence m'est odieux... et pourtant je vous défends de parler... Dans une heure, vous aurez quitté la maison... Dites-moi que vous obéirez...

— J'obéirai, répondit la comtesse de Morlaines.

Il fit un pas vers la porte. Puis, s'arrêtant tout à coup, il revint vers la femme :

— J'oubliais !... mon père vous a reconnu une dot... soyez tranquille !... vous aurez l'argent !...

Violemment, elle se dressa à demi, pour protester contre cette suprême injure... puis elle retomba à genoux, la tête dans ses mains, anéantie... comme morte...

La porte se ferma... elle était condamnée.

VII

— Elle part ? demanda Germaine.

— Dans une heure...

— Et c'est tout ?...

— Je ne puis rien de plus...

— Tu n'oses pas la tuer...

— Va-t'en ! tu me fais horreur !...

A ce moment, Germaine eut une suprême révolte.

— Ah ! c'est toi qui parles !... Je te fais horreur !... Ayez donc porté un bambin sur vos bras pendant des quatre et cinq heures d'horloge... Ayez donc été assez niaise pour vous tuer le corps et l'âme, parce qu'il dormait mal ou qu'il avait un caprice !... Ah ! je te fais horreur ! pourquoi donc ? parce que je t'ai forcé de lui dire son fait, à cette gueuse !

ça t'ennuie! eh parbleu!... est-ce qu'on peut épouser la veuve de son père? je ne sais pas... moi!...

Georges bondit, ses deux mains se posèrent sur les épaules de la vieille Germaine, dont la face blême, couturée de rides, rutilait de rage assouvie...

— Je ne te dirai qu'un mot, ma vieille Germaine : je te hais et je te méprise! maintenant... sors d'ici...

Elle se renversa en arrière, riant aux éclats.

— Ah! on méprise ici les honnêtes femmes!... Bon!... il fallait le dire plus tôt!... Je gage qu'elle ne s'en ira pas!... elle a des malices à elle!...

Georges, que toutes ces scènes brisaient, affolaient, appuya si violemment ses deux poings sur les deux épaules de cette furieuse que les genoux plièrent :

— Pas un mot de plus, fit-il, je te tue!...

Le domestique entra et s'arrêta un

instant, stupéfait de voir Germaine, agenouillée.

— Qu'y a-t-il ? demanda Georges.

— M. de Samereuil arrive de Paris... il réclame de M. de Morlaines un entretien immédiat...

— C'est bien. J'y vais...

La Germaine s'était relevée. Elle avait de l'écume aux lèvres :

— Vous êtes tous des assassins ! murmura-t-elle. Lui seul était bon... comme la première, la vraie, la seule comtesse de Morlaines...

— Ecoute-moi, Germaine, lui dit Georges, dont le visage touchait presque la face parcheminée de la vieille femme, si tu dis un mot... si tu fais un geste dont cette malheureuse ait à souffrir, je te chasse...

— Moi ! me chasser ! tu n'oserais pas !

Mais Georges était déjà sorti...

M. de Samereuil l'attendait dans un petit salon du rez-de-chaussée, servant de bibliothèque. Au moment où Georges entra, il vit ses traits décomposés, et s'avançant vers lui, les mains ouvertes :

— Georges, qu'avez-vous donc ?

— Moi ! rien ! fit le jeune homme. Vous pensez bien que je cherche toujours à deviner la cause...

— Du suicide de M. de Morlaines ?

— Et je ne puis rien découvrir...

— Eh bien ! moi ! je vous apporte la vérité...

Georges poussa un cri rauque. Quoi ! ce secret qu'il voulait enfouir dans l'oubli allait tout à coup se dresser devant lui !

Il avait jugé. C'était fait. Cette femme était chassée. Cette réparation suffisait, mais à cette condition que nul ne connût, ne soupçonnât même la vérité. Et cet homme, l'ami de son père, prétendait savoir !... alors le déshonneur était flagrant, le châtiment devait être plus terrible. Sinon !... Et les paroles odieuses de Germaine remontaient à sa conscience en épouvantables amertumes.

M. de Samereuil, solennel, vêtu de noir et militairement boutonné, attendait avec patience que le jeune homme s'arrachât à ses méditations :

— Georges, lui dit-il enfin, soyez homme ! n'est-ce pas une sorte de consolation que de posséder enfin la clef de cet irritant mystère ?

Le marin regarda M. de Samereuil :

— Ainsi vous savez tout !...

— Moi ! non pas ! j'ignore tout, au contraire... j'espère seulement que, lorsque vous aurez lu, vous m'expliquerez...

— Lorsque j'aurai lu... quoi donc ?

— Vous êtes si troublé, mon ami — et certes je ne vous en fais pas un crime — que vous ne m'avez pas encore permis de m'expliquer. Aujourd'hui même, il y a trois heures à peine, le notaire de mon pauvre Morlaines s'est présenté chez moi. Il avait reçu, avant-hier, à l'heure où s'accomplissait le suicide du général, un paquet cacheté... il était absent, et c'est seulement hier soir, à son retour, qu'il l'a ouvert. Sous ce scellé se trouvait une lettre à mon adresse et une seconde enveloppe fermée. Voici la lettre... lisez-la...

Et il tendit à Georges un papier déplié.

Le jeune homme le prit. C'était bien l'écriture de son père. Quelques lignes avaient été tracées d'une main ferme :

« Mon cher Samereuil, c'est un mourant qui vous adresse une prière suprême... car je viens de charger le pistolet qui me tuera dans une heure... M. Georges est absent, vous le savez. J'ignore l'époque de son retour. Je vous prie, dès qu'il aura touché le sol de la France, de lui remettre le pli ci-inclus. Je compte sur votre vieille amitié. Adieu. — Général de Morlaines. »

Tandis que Georges lisait, relisait cette

lettre, si calme et cependant si effrayante dans sa sécheresse et son laconisme, la porte du salon s'était entr'ouverte, et dans l'entrebâillement, à l'abri des regards des deux hommes, Mme de Morlaines, pâle, pouvant à peine se soutenir, écoutait :

Un mot avait frappé le jeune homme, et si profondément que, de la ligne qui le contenait, il ne pouvait détacher ses yeux :

— M. Georges !

Pourquoi le général avait-il employé cette formule étrange ?

— Voici la seconde enveloppe, dit M. de Samereuil. Je n'ai pas voulu perdre un moment pour vous l'apporter... Mon pauvre ami a éprouvé, j'en suis certain, quelque désillusion cruelle : il aura été trahi par quelque misérable en qui il avait placé sa confiance... et le désespoir aura brisé cette conscience d'une honnêteté sublime... Il faut que nous sachions tout, car, ajouta le commandant d'une voix sourde, nous aurons à venger et à punir...

— Vous avez raison, fit Georges.

Et il étendit la main pour recevoir le pli que lui présentait M. de Samereuil. Il le prit, déchira le cachet, et de l'enveloppe tira deux papiers, l'un blanc, neuf, évidemment une lettre du général, l'autre une feuille jaunie, à plis noircis. Et au moment où il allait les déplier, la porte s'ouvrit violemment : Marie de Morlaines s'élança vers lui et cria :

— Georges ! Georges ! je vous en conjure ! ne lisez pas !

Georges avait reculé stupéfait. Mais tout à coup il comprit : Cette femme avait peur que M. de Samereuil connût sa honte !... elle écoutait aux portes, continuant son rôle odieux, régugnant ! Eh bien ! non ! il ne serait pas dit que cet excès d'impudence ne recevrait pas son châtiment... et comme elle avait saisi par un mouvement brusque le poignet de Georges, comme si elle eût voulu lui arracher les papiers accusateurs, il la repoussa si durement que la pauvre femme, chancelant, alla tomber sur un canapé...

Déjà il était trop tard... livide, les cheveux dressés, Georges avait aux lèvres le tremblement nerveux qui précède l'accès de folie... Au cri de Marie, comprenant qu'il avait été sans le vouloir l'agent de quelque horrible révélation, M. de Samereuil avait bondi vers le jeune homme ; mais celui-ci, battant des mains en avant pour l'écarter, marchait à reculons, poussant des exclamations entrecoupées...

— Mais que se passe-t-il donc ? s'écria M. de Samereuil.

Georges s'arcbouta contre la muraille, serrant entre ses doigts crispés les deux lettres qu'il venait de lire.

— Laissez-moi ! n'approchez pas ! ne me touchez pas !

— Georges ! mon ami !... Georges ! au nom de ton père !

Le jeune homme tressaillit comme s'il

eût reçu un coup de fouet en plein visage.

— Mon père ! Est-ce que j'ai un père, moi !... Allons donc !... Je ne suis qu'un misérable bâtard !...

Marie de Morlaines lui posa la main sur les lèvres :

— Taisez-vous ! par grâce, pour elle !... pour la morte !...

Mais Georges n'entendait plus, il était fou... il s'élança vers la porte, avant qu'on pût s'opposer à ce mouvement.

— Germaine ! cria-t-il.

La vieille n'était pas loin. Elle parut. Georges lui jeta ses doigts autour du poignet, puis, l'attirant, la traînant plutôt, il la jeta, violent, brutal, aux pieds de Mme de Morlaines :

— Demande pardon à cette femme, à genoux !... le front à terre !... Ah ! misérable folle !...

— Monsieur de Morlaines ! suppliait Marie.

— Il n'y a pas ici de M. de Morlaines !

s'écria Georges d'une voix vibrante. M. de Samereuil, écoutez. Il faut que vous sachiez toute la vérité...

— Georges ! prenez garde !... on pourrait entendre !...

— Après ?... qu'importe !... là ou il y a crime, il faut que justice soit faite !...

Germaine, terrifiée, n'osait pas se relever ; seulement elle murmura :

— Un crime !... ne t'ai-je pas tout dit !...

— Tu as menti !...

— Moi !... j'ai vu... te dis-je... j'ai vu...

— Tu as vu Mme de Morlaines acheter d'un misérable des lettres qu'il était venu lui vendre... Tu as conduit M. de Morlaines au rendez-vous que cette honnête femme avait donné à un bandit... Oui, tu as fait cela, espionne infâme !... et le général a vu Mme de Morlaines payer, recevoir ces lettres... et tu as si odieusement joué ton rôle de Judas que M. de Morlaines a forcé sa femme à les lui remettre !...

— Il me les a prises... de force ! sanglota madame de Morlaines.

— Eh bien ! ces lettres... écoutez, M. de Samereuil ! écoute, Germaine ! ces lettres... étaient, non de celle que tu accusais... ces lettres avaient été écrites par ma mère, Berthe des Chaslets, à son amant... et elles prouvaient que, moi, voleur de nom, j'étais le fils de cet amant... Germaine ! Comprends-tu maintenant ?...

M. de Samereuil était foudroyé. Germaine avait poussé un cri et s'était affaissée sur le parquet.

Georges, ivre de désespoir et de honte, continuait :

— Et quand cet homme, ce grand honnête, a vu s'écrouler cet édifice de souvenirs, quand il a vu cette infamie s'étendre sur les trente années du passé...

— Quand il a su, dit Marie de Morlaines avec un accent déchirant, que vous, Georges, qu'il aimait de toutes les énergies de son âme, vous n'étiez pas son fils...

— Il s'est tué ! acheva Georges.

Puis, se tournant vers madame de Morlaines :

— Et c'est vous que j'accusais... c'est vous que j'insultais... et vous vous courbiez... Vous alliez vous laisser chasser par moi !... qui ne suis rien ici que le fils d'un lâche suborneur et d'une femme adultère, moi, escroc d'affection et d'estime !...

— Assez ! s'écria Madame de Morlaines, il faut que je vous dise toute la vérité...

M. de Samcreuil, d'un signe, l'engagea à insister. Georges l'épouvantait : le contraindre à écouter, c'était déjà une victoire remportée sur la folie.

— Voici, dit Marie. Un homme est venu, un homme d'affaires... il avait pris un prétexte, mais c'était à Madame de Morlaines qu'il voulait parler... Seulement, il ne savait pas que votre mère fût morte...

aussi s'étonna-t-il quand il me vit si jeune... il hésitait à s'expliquer, croyant à je ne sais quel piège. Ces misérables tremblent toujours. Mais je le contraignis de parler... il se décida. A une vente publique... après décès... il avait acheté un secrétaire... et chez lui, il avait découvert un tiroir secret... des lettres s'y trouvaient... c'était toute une correspondance, datant de vingt-cinq ans... il avait lu... les noms étaient écrits en toutes lettres. Une idée infernale avait traversé son cerveau : ces sortes de gens appellent cela du chantage, je crois. Alors il était venu. Je le laissai s'expliquer. Quoiqu'il doutât que je fusse la femme de M. de Morlaines, il était convaincu que j'étais une parente, sa sœur, sa fille peut-être... il me menaça de lui envoyer toute cette correspondance... il en savait des passages par cœur et me les récitait de mémoire... Alors, épouvantée, je lui demandai ses conditions. Il me fit prix à dix mille francs... justement M. de Morlaines m'avait remis, deux jours auparavant, une somme assez importante que lui avait versée son notaire. Je n'hésitai pas. Je devais accomplir mon devoir, sauver mon mari d'un épouvantable désespoir... j'ignorais que Germaine eût surpris le secret du rendez-vous, comme j'ignorais aussi que ce fût elle qui eût conduit M. de Morlaines, le soir, auprès de l'endroit où fut exécuté l'odieux marché... Je payai les dix mille francs, et les lettres me furent remises...

Georges, affaissé. crispait ses ongles sur son front, qui s'ensanglantait.

— Je voulais courir à ma chambre, m'enfermer, anéantir à jamais la trace d'un passé que la mort a expié... M. de Morlaines me surprit, m'entraîna dans sa chambre... là, ce fut une scène horrible. Il doutait de moi. C'était moi qu'il accusait. J'eus la faiblesse de lui crier qu'il me calomniait, que je n'étais pas coupable!... Il s'exaspérait... Je compris la faute que j'avais commise... et j'avouai, j'avouai tout! je me traînai à ses genoux en lui demandant pardon. C'était une affreuse comédie, et je la jouais avec tout mon cœur, avec toute ma vie!... mais lui pensait toujours à ces lettres..., il les voulait... il les exigeait... Oh! avec quelle ardeur je me débattis... mais ma résistance même le rendit fou... lui, si bon, si généreux! il me frappa... j'aurais voulu qu'il me tuât, si du moins en mourant j'avais pu anéantir ces lettres maudites... mais quand je tombai, épuisée, presque anéantie, je sentis qu'il me les arrachait... alors je fermais les yeux... et j'attendis...

» Ce ne fut pas un cri qu'il poussa. Ce fut un râle. Et cependant, quand je le regardai, il me sembla qu'il avait recouvré tout son calme. Je devinai pourtant l'effrayante tempête qui s'agitait dans son cerveau... J'avais une autre tâche à remplir : c'était de nier, même devant l'évidence... hélas ! je n'avais pas lu ces lettres... je ne savais pas que la vérité éclatât à chaque ligne. Il m'écoutait, presque souriant. Alors j'eus peur que ce calme ne cachât quelque sinistre résolution... je lui parlai de vous, Georges ! vous qu'il aimait tant, et qui, — je me rappelle avoir employé cette expression, — aviez conquis par vingt ans d'amour le droit de vous dire son fils. La nuit s'écoulait. Il me semblait presque convaincu, je ne puis dire consolé ; mais je ne redoutais rien. Doucement, avec des paroles tendres et consolantes, il me força de rentrer dans ma chambre. Je n'aurais pas dû le quitter !... mais j'étais épuisée ! je m'endormis sur un fauteuil... Vous savez le reste...

M. de Samereuil pleurait. Georges, impassible maintenant, avait les yeux ouverts, fixés sur la boiserie. Ce fut un moment de cruelle angoisse.

Alors Georges dit :

— Voici!... J'avais sollicité un congé pour rester quelque temps auprès de M. de Morlaines. Je vais repartir. Ne me demandez pas de rester. C'est impossible ! Ce serait me rappeler ce que je suis... Je veux avoir autour de moi l'espace des grandes mers, vivre en dehors du monde! C'est plus que ma volonté, c'est mon devoir... N'est-il pas vrai, monsieur de Samereuil ?

Le commandant inclina la tête. C'était approuver.

— Quant à vous, madame, ajouta Georges en se tournant vers madame de Morlaines, je veux vous demander une grâce...

Monsieur Georges, dit la jeune femme, jusqu'à l'heure suprême M. de Morlaines vous a aimé comme son fils... C'est de vous aimer et de vous perdre qu'il est mort... Je vous obéirai comme si lui-même me parlait...

— Je voudrais que ce secret restât à jamais enseveli dans nos âmes...

— Oh ! je vous le jure ! s'écria Marie.

— En partant, je vais vous laisser une procuration générale... Oui, j'agirai comme si j'étais réellement l'héritier de M. de Morlaines... Vous disposerez de sa fortune... je ne vous demande qu'une chose... faites aimer, faites bénir sa mémoire !...

— Et maintenant, fit Georges en se levant, je vous dis adieu !... Vous ne me reverrez jamais !...

— Mon ami ! mon fils ! cria M. de Samereuil en le saisissant dans ses bras.

— Ne me donnez pas le nom de fils, dit Georges d'une voix sourde, vous me faites trop de mal...

— Et moi, fit Marie en lui tendant la main, ne voulez-vous plus m'appeler votre mère ?...

— Ce serait vous insulter ! répondit le marin avec une rudesse involontaire...

Il sortit. M. de Samereuil et madame de Morlaines n'avaient pas osé le retenir.

A ce moment, tous deux s'aperçurent que Germaine avait disparu, sans qu'ils se fussent aperçus de son départ.

— Mon Dieu ! murmura M. de Samereuil, si elle parlait !

— Elle ne haïssait que moi, dit Marie...

. . . .

Deux jours après, Mme de Morlaines recevait de Georges de Morlaines les pouvoirs les plus étendus pour gérer les biens que lui laissait son père.

Puis on apprit par les journaux qu'il s'était embarqué sur un navire de l'Etat, désigné pour une exploration des mers australiennes.

En même temps, aux faits divers, il était fait mention d'un suicide. Une vieille femme s'était jetée dans la Seine et son cadavre avait été transporté à la Morgue.

C'était Germaine.

Mme de Morlaines fut avisée six mois plus tard de la mort de Georges qui, par testament, lui avait légué toute sa fortune. Elle a tenu le serment qu'elle avait prêté : cette fortune appartient aux pauvres...

FIN

LISTE DES VOLUMES

1. **Pigault-Lebrun** : Sans souci, t. I.
2. **Armand Sylvestre** : Le falot.
3. **Pigault-Lebrun** : Sans souci, t. II.
4. **Jules Lermina** : L'énigme.
5. **Pigault-Lebrun** : Sans souci, t. III.
6. **O. Féré** : Le pêcheur noir.
7. **Camille Debans** : L'aiguilleur.
8. **Gourdon de Genouillac** : La perruche de la marquise.
9. **E Cadol** : Le candidat d'Indre-et-Cher.
10. **Jules Mary** : Sans peur.
11. **Th. Cahu** : Contes militaires.
12. **L. Marville** : L'héroïque Charpillard.
13. **Marc Twain** : Nouvelles.
14. **F. Soulié** : Mathieu Durand.
15. **P. Ferréol** : Décavé !
16. **Id.** La bande.
17. **A. Angellier** : L'oiseau bleu.
18. **O. Féré** : Thérèse la sorcière.
19. **L. Gastine** : L'âme errante.
20. **Ch. Monselet** : Fantaisies.
21. **Kielland** : Nouvelles scandinaves.
22. **P. Burnet** : Pied de fée.
23. **O. Féré** : L'héritage du notaire.
24. **Gérard de Nerval** : La main enchantée.
25. **Mme L. Drevet** : Une aventure de Mandrin.

Le port de chaque volume isolé est de 10 centimes.

18. **Science** : Eléments d'arithmétique.
19. **Littérature** : La Littérature française. Le XVIe siècle.
20. **Economie sociale** : L'épargne.
21. **Droit** : La justice de paix.
22. **Géographie** : L'Europe.
23. **Economie sociale** : Les assurances.
24. **Science** : L'électricité.
25. **Beaux-Arts** : La peinture sur porcelaine.
26. **Agriculture** : Les engrais.
27. **Littérature** : La littérature française, XVIIe siècle, 1re période.
28. **Economie domestique** : La cave et les vins.
29. **Droit civil** : Les enfants.
30. **Science** : Botanique, 1re partie.
31. **Hygiène** : La première enfance.
32. **Arts d'agrément** : Les feux d'artifice.
33. **Science** : La chimie.
34. **Horticulture** : Les arbres fruitiers.
35. **Droit civil** : Le mariage.
36. **Géographie** : La Russie.
37. **Agriculture** : La viticulture.
38. **Arts d'agrément** : La pêche.
39. **Littérature** : La littérature française, XVIIe siécle; 2e période.

HYDROPISIE

Jambes Enflées, Albuminurie, Palpitations

MALADIES DU CŒUR

Traitement et guérison sans ponction par la Méthode pratiquée à l'Institut NOBLET.

En quelques jours les battements du cœur, les palpipations, l'oppression, l'enflure des jambes, et du corps disparaissent entièrement, le sommeil redevient paisible et la respiration normale.

Demander l'intéressante brochure contenant les succès obtenus et les attestations authentiques des merveilleuses guérisons réalisées par la méthode pratique envoyée gratuitement à toute personne qui en adressera la demande **à l'Institut NOBLET, 49, rue Sainte-Anne, à Paris.** Consultations les lundis, mercredis et vendredis, de 2 heures à 5 heures, par correspondance et à domicile.

SUCCÈS CONSTANTS ET CERTAINS

(16 années de pratique.)

Imprimerie de Poissy. — S. Lejay et Cie

Défauts constatés sur le document original

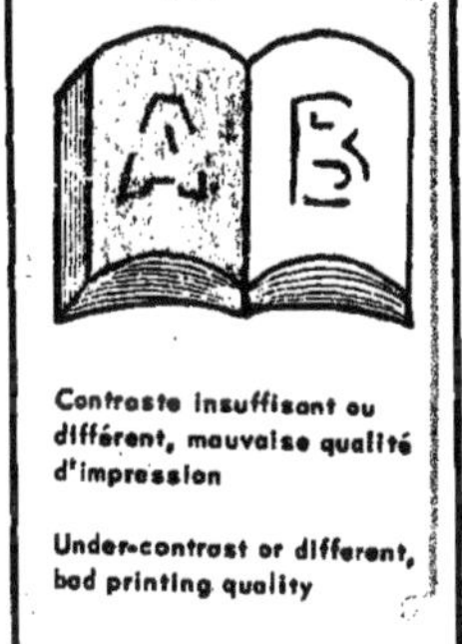

Contraste insuffisant ou différent, mauvaise qualité d'impression

Under-contrast or different, bad printing quality

Texte manquant ou pris dans la reliure; reliure trop serrée

Missing text or text caught in the book-binding; too tight book-binding

www.ingramcontent.com/pod-product-compliance
Ingram Content Group UK Ltd.
Pitfield, Milton Keynes, MK11 3LW, UK
UKHW020154200726
13856UKWH00003B/999